禁断溺愛

Mahiro & Takumi

流月るる

Ruru Ruzuki

EB

エタニティ文庫

目次

禁断溺愛

プロローグ

エレベーターに乗り込むと、椎名真尋《しいなまひろ》はほっと息を吐いた。

このマンションのエレベーターはこぢんまりしているからか、妙に安心して気が抜けてしまう。一日の仕事の疲れも重なって、人気《ひとけ》のない静かで狭い空間がなんとも心地いい。

これは、一人暮らしを始めて気づいたことのひとつだ。

そしてエレベーターを降りて、自分の部屋に入るとさらに安堵《あんど》する。

1LDKの自分だけの小さなお城は、今の真尋の身の丈にあった広さだ。

駅からは少し距離があるけれど、今年就職した総合病院には近い。同じ病院に勤める職員の入居が多いのも頷ける。

玄関から直接部屋の中が見えないところ、リビングダイニングに隣接して三畳程のベッドルームが別にあるところが真尋のお気に入りポイントだった。

これまで暮らしていた自宅の部屋より明らかに狭くても、これが本来の自分に合っているのだと自覚できる。

テーブルにバッグを置くと同時にスマホが震えて、真尋は画面を見ながらカーテンを閉めた。

メッセージを確認したのと、エントランスに来客があったことを知らせるインターホンが鳴ったのは同時。

――『巧《たくみ》くんが帰ってきました。そちらに向かっています。事情はきちんと自分から説明しなさい』

母からのそっけないメッセージを噛み締めながら、真尋はおそるおそるインターホンの画面をのぞく。

巧がそろそろ海外赴任から帰ってくるかもしれないとは聞いていた。帰ってきたら怒られるかもしれないとも覚悟していた。

だから、もし帰ってきたらすぐに教えてと母に念押ししていたのに。

「帰ってきたのって……いつ？　連絡するならもっと早くしてよ、お母さん！」

新しい住所を内緒にするのは難しいだろうから、せめてその時は悪あがきでも身を隠して時間稼ぎしようと思っていたのに。

ピンポン、ピンポン、ピンポンと激しく鳴り続けるインターホンの音に、真尋は観念して通話ボタンを押した。

「……は、い」

『真尋！　いるのはわかっている。さっさと開けろ！』

久しぶりの命令口調に「ああ、巧くんだ……」なんて思ってしまう。

そして、その命令に真尋はいつも逆《さか》らえない。

いや、いつも逆《さか》らっているのに、結局は応じてしまう。

真尋は、はあっとため息をついてから、覚悟を決めて解錠ボタンを押した。

できれば玄関先で追い返したい。でもそんな希望が叶うわけがない。こんな様子の巧から逃《のが》れるのは不可能だ。

だから、部屋の前のインターホンを連打される前に、真尋はドアを開けて巧が来るのを待っていた。

エレベーターを降りて廊下を歩いてくる姿は、今にも人を殴りそうな勢いがある。

だから真尋はあえてにっこり笑って、

「巧くん、おかえりなさい」

と言ってやった。

玄関内に入るなり、だんっと壁に手をつかれて巧に見下ろされる。

真尋は「わお、リアル壁ドンだ」と思いつつ、笑みを崩さなかった。表情を作ることに関してはお手の物。お嬢様学校に通い始めてから身に付けたスキルは今でも生かされている。

――巧に会うのは一年ぶり。

二年前に海外赴任してからも、最初の年は盆や正月などに何度か帰ってきていたのに、ここ一年はまったくだった。

おかげで巧に邪魔されることなく、真尋はこうして一人暮らしという偉業を成し遂げることができた。

「俺はなにも聞いてない」

「言ってないもん」

髪型が少し変わった。しかし相変わらず見た目だけはいい。

こうしてスーツ姿の巧を見ると、やっぱりイケメン御曹司だなと思う。

俺様なのにどことなく品があって、カリスマ的オーラがあって。

誰をも従える声と、揺るぎのない強気な眼差しと、圧倒的な存在感。

それは、初めて見かけた時から変わらない。

初めて会った時から変わらない。

むしろ年を重ねるごとにパワーアップしている。

「一人暮らしを許した覚えはない。就職先だって……なんでうちの系列病院じゃない！スマホだって繋がらない！　なによりっ――」

いつも理路整然としているのに……動揺していると、一番言いたいことを最後にもってくる癖は相変わらず。

「なんで勝手に養子縁組を解消した!!」

「勝手じゃないよ。お義父さんたちからは了解を得た。就職先は、今の病院から最初に採用通知がきたから選んだだけ。就職したら自活するのは当然だから一人暮らしを始めた。スマホを新しくしたのは——」

巧から目をそらさずにいようと思ったのに、うまくいかなくて真尋は視線を落とした。

「養子縁組を解消して、名字が湯浅《ゆあさ》から椎名に戻ったから」

「ふざけるな!」

どんっとふたたび壁を叩かれて、真尋は小さく首をすくめた。

(ふざけてなんかないよ、巧くん。だってずっと決めていたことだから)

「今は湯浅真尋じゃなくて椎名真尋なの、巧くん。私と巧くんは義兄妹じゃない。赤の他人だよ」

真尋は口元だけはなんとか笑みの形をつくった。けれど、怯《おび》えとうしろめたさは隠せない。

「ふうん。赤の他人……」

嘲《あざけ》りをともなった冷たい声に、真尋はぴくりと肩を揺らす。

火に油を注《そそ》いだ自覚はある。巧の顔を見ずとも、怒りが増したのがわかった。

すると、不意に髪を掴《つか》まれた。

看護師として働くからには清潔感は必要だ。だから真尋の髪は肩につかない長さをキープしている。ふわふわのくせっ毛はまとまりが悪いけれど、伸ばすよりはいい。

「痛いっ」

軽く髪をひっぱられて、本当は痛みなんかないのに、つい口にした。

長かった頃はよく巧に触られていた。それもあって短いままをキープしていたのに、こんなふうにされたんじゃ意味がない。

「赤の他人ね。なら、もう俺が遠慮する必要はないな」

いつ彼が遠慮したことがあっただろうか？　いつだって傍若無人《ぼうじゃくぶじん》だったのに。

そう真尋が思ったのと、髪を掴《つか》んだままの巧の手が真尋の頬を包むのが同時で。

反射的に撥《は》ねのけようとした手まで捕らえられ、真尋の唇は巧によって塞《ふさ》がれた。

遠慮なんかしないと言った通り、巧は強引に真尋の唇に割り込んでくる。

まさかこんなに早く行動を起こされるなんて思ってもいなかったのと、想像以上の彼の怒りに真尋は抵抗もできない。

(嘘！　なんで！　せっかく赤の他人になったのに。もう関わらないって決めたのに！)

唇の感触が意外にもやわらかいと知ったのは、巧が日本を発《た》つ直前。

頭を撫《な》でる。腰に腕を回す。肩を抱く。時には抱き寄せて、頬にも触れる。

そして髪を一房掴《ひとふさつか》んでは、唇を落とす。

そんなスキンシップは、それ以前もいくらでもあった。

家族で行《おこな》うには近すぎて、でも兄妹だからと言い訳して許してきた距離。

けれどあの別れの日まで、それ以上距離を縮めるような行為は一切なかったのに。

今、真尋の口内には巧の舌が伸ばされて、そして忙《せわ》しなく暴れ回っている。

あの時の、唇にかすかに触れる程度のキスしか経験のなかった真尋には、今のキスは激しくて淫《みだ》らでどうしていいのかわからない。

息の仕方も、舌の動かし方も、唾液《だえき》の行方をどうすればいいのかも。

（……今まで、絶対にしなかったのに！　なんでっ）

怒りとともに想いをぶつけられているかのような強引な口づけ。

それなのに、そこからなにかが伝わってくる気がする。

そんなものは気のせいだと思いたいのに、次第にキスは激しいものから優しいものに変化していくから。

「ま、ひろ……」

そして聞いたこともない声音で、名前を呼ぶから。

いつのまにか無意識に目を閉じていた。

唇が離れて、ゆっくり目を開けると視界はぼやけていて、涙で滲《にじ》んだ目に映るのはやるせなく、どこか泣きそうな巧の表情。

「おまえ……卑怯《ひきょう》だろうが！」

卑怯《ひきょう》なことをしたのは巧のほうだ。

この男はいつだって勝手に強引に真尋の心を暴いてしまう。

真尋の涙を拭う指がためらうように伸ばされたあと、ゆるやかに体を抱き寄せてくる。

「俺は言ったはずだ。余計なことは考えずに俺の帰りを待っていろって」

そう確かに彼は言った。

忘れたいのに覚えている。

見送りに行った空港で、出発ロビーの人混み溢《あふ》れる中、この男はそう命令して真尋にキスをした。

一瞬、唇の表面に触れるだけのささやかな接触。

忘れたいのに忘れられない、それは初めてのキス。

「真尋。余計なことは考えるな。おまえは俺のことだけ考えていればいい」

「……そん、なのっ、無理」

「無理じゃない。おまえの頭の中を俺でいっぱいにするのなんて本当は簡単なんだ。無理やりそうされたくないなら、自分の意思で俺のことを考えていろ」

ていた。

「横暴《おうぼう》！　俺様！　だから、だから——こんなお兄ちゃん、いらなかったのに!!」

初めて会った時から、義理の兄妹になるかもしれないと知った時からずっとそう思っていた。

この男の義理の妹になるなんて嫌だ、と。

この男が義理の兄になるなんて嫌だ、と。

こうして戸籍上、赤の他人に戻ったとしても、自分たちが義理の兄妹だった時間が確かにあって、その事実は決して消えない。

「おまえが俺の妹だったことなんて一度もない」

幾度《いくど》となく言い続けた言葉を、今もまた巧は繰り返す。

『おまえは妹じゃない』

『妹にはしない』

いつまでも妹だと認めたくないのなら、それでも構わないと思っていた。

けれど、その言葉の奥に秘められたものに気づいたのはいつだっただろう。

触れられるのに戸惑いを覚えて、それから髪は伸ばせなくなった。

「おまえを妹だと思ったことは一度もない」

「私だって……ない！　兄だと思ったことなんて、思えたことなんて一度もなかった。

だって、お兄ちゃんって呼んだことなかったもの！」

『兄と呼ぶな』

そう言われた時から、真尋は巧のことを『お兄ちゃん』と呼んだことはない。

呼べばよかった。

今なら、そう思う。

呼んでいればきっと、互いにこんな感情を抱かずに済んだ。

義理の兄妹が抱くべきではない――――こんな想いなど。

第一章　義理の兄妹

（うわ、やっぱり本物だった……）

中学三年生だった真尋は、母の結婚相手の家族との初顔合わせで、自分のささやかな希望が打ち砕かれたのを知った。

母に『会わせたい人がいるの』と言われて相手の名前を聞かされた時から、嫌な予感はしていたのだ。

母のお相手は湯浅製薬社長の湯浅仁《じん》。

湯浅系列の総合病院で看護師として働いていた母と仁との出会いは、彼の父親の入院がきっかけだった。

当時、湯浅製薬会長だった仁の父親の担当看護師が真尋の母だったのだ。

患者の担当看護師と、患者の息子である御曹司との恋。

二人とも子持ちだが独身で、表向きは問題がなかったはずなのに、周囲の視線は冷たかった。

病院関係者からは『うまく玉の輿にのって』だの『仕事を利用して相手を掴《つか》まえた』だのと噂され、仁の関係者からは『お金目当て』だの『看護師が相手なんて釣り合わない』だの散々悪口を言われた。

娘としては母がようやく掴《つか》んだ幸せを応援したい気持ちもあったけれど、周囲の騒音に辟易《へきえき》もしていた。

だから、本音を言うと今回の結婚話には反対だった。

けれど母はあっけらかんと『周りの言うことなんか気にすることないわ』と軽くあしらい、仁は『僕がもてる力すべてを使って君のお母さんを守るよ』なんて言った。

雑音さえも恋のスパイスにしてしまう二人のラブラブぶりに、結局真尋は反対するのも無駄だとあきらめたのだ。

なにより、周囲の声を蹴散らして二人の結婚を後押ししたのは、退院した仁の父親だった。

入院が長期に及んだため会長職を辞《じ》し、退院後は都会から離れた別荘地で療養を兼ねて暮らしているものの、その権力は健在。

だからこうして家族同士の顔合わせが実現した。

歴史と趣《おもむき》のある料亭で、真尋は父親になるかもしれない湯浅仁と、その息子である湯浅巧と向かい合って座っていた。

畳敷きの個室にもかかわらず、テーブル席がセッティングされていて、長時間の正座地獄は免《まぬが》れた。

一品ずつ運ばれてくる料理は、季節の食材が見た目も華やかに盛り付けられ、味わいも上品だった。

様々な産地の器も、見るからに高級。

おいしい食事に舌鼓《したつづみ》を打ちながら、軽く自己紹介をして当たり障《さわ》りのない話題を繰り広げる。

真尋は、そっと向かいに座る巧を見た。

真尋より三つ上の高校三年生。

サラサラの黒髪に整った顔立ち。均整のとれた肢体《したい》は、スーツに包まれている。まだ学生なので着慣れていないだろうに浮いた感じはなく、むしろ品よく着こなしていた。

にこやかな笑みを浮かべることはないものの、穏やかな声音で淡々と話す。

スポーツ万能で、イケメンで御曹司——都内屈指の偏差値を誇る男子校でトップレベルの成績を収め、早々に推薦で難関大学への進学も決めたらしいという噂。

この男のことを真尋は知っていた。

なぜなら、巧の通う男子校と、真尋の通う公立中学校は近い場所にあるからだ。

巧の通っているところは、昔から偏差値が高いことで有名な高校ではあったが、頭はいいけど面白みのない真面目な男子生徒ばかり、というのが近隣の評判だった。

それがここ数年で変化した。

湯浅巧が入学すると、掃《は》き溜《だ》めに鶴《つる》のような彼の存在はとにかく目立った。

さらに類は友を呼ぶのか、彼の周囲の男子生徒たちはだんだん垢抜けてきて、偏差値が高いだけの男から、容姿もいい男へとシフトチェンジしていった。

そうやって注目され始めると、実は大会社の御曹司だとか、医者や弁護士の子どもだとかいうことも明らかになっていく（昔は誰も関心がなかったので、そんな噂も流れなかった）。

通学途中で会う、頭も容姿もいい男子高校生など、恋にはしゃぐ女子中学生にとっては憧《あこが》れの的《まと》だ。

よって、湯浅製薬の御曹司である湯浅巧の名前を知らない女の子なんて真尋の中学にはいない。

けれど真尋は、まるでアイドルのように騒がれていた彼の存在と名前は知っていても、一切興味などなかった。

『まあ見た目がいいのは確かだなあ』と思いつつ、周囲の女の子のはしゃぐ様を傍観《ぼうかん》していただけだ。

それが変わったのは、ありきたりなシチュエーションで真尋の友人が巧に恋をしたからだ。

雨降りの道端で足を滑らせて、派手に転んで荷物をぶちまけ、膝を痛めて恥《は》ずかしい思いをしていた友人に、手を差しのべたのが巧だった。

汚れた荷物を拾い、アイロンのかかった綺麗《きれい》なハンカチを友人の膝にあてながら『大丈夫か?』と声をかけられた瞬間、彼女は簡単に恋に落ちてしまったらしい。

友人は、表立って騒いだり、ファンクラブに入ったりはしなかったけれど、遠くからひっそりと相手を想う――ある意味、真剣な片想いに突入してしまった。

おかげで友人がハンカチを返す時も、周囲に混じってバレンタインチョコを渡す時も、『エネルギーが欲しいの!』と言って巧の姿を一目見たいと高校の近くで待ち伏せする時にも、真尋は付き添う羽目になった。

高校の学園祭や体育祭にも一緒についていった。

仕方なく、友人と一緒に湯浅巧を見つめてきたのだ。

（この人が……私の義理の兄になるの……？）

結婚が決まれば、片想いをしている友人がなにを思うのか、それを想像するだけでも頭が痛い。

（いや、大丈夫。結婚が決まってもお嫁に行くのはお母さんだけ）

真尋は冷静に自分に言い聞かせる。

真尋の家は母子家庭だが、母の実家で祖父母と母の弟である叔父と同居している。祖父はいまだ現役で働いているし、叔父は独身だけれど医師をしていて経済的な心配はない。

真尋も春からは高校生だし、母親と一緒に暮らさなくても平気な年齢だ。

元々母は仕事で留守がちであったし、家のことは真尋も祖母と一緒に積極的にやってきた。母と生活を共にしなくても、なんの不自由もない。

だから母だけが湯浅家に嫁げばいい。そう考えていた。

（もし、結婚が決まったら……お母さんだけお嫁さんにいってね、って言おう）

目の前の男と義理の兄妹になるなんて、真尋にとっては嫌がらせのようなものだ。

真尋は心の中で作戦を練りつつ、にこやかな表情で、おいしいはずの料理を口に運び続けた。

一通り食事を終えたあと、真尋はお手洗いに立った。

畳敷きの廊下を歩いていくと、トイレまでもが和の風情《ふぜい》で感心する。白い陶器の洗面ボウルで手を洗い終えると、真尋はあと少しの我慢だと気合いを入れてそこを出た。

瞬間、目の前にあまり顔を合わせたくない人物の姿があった。

色鮮やかな絵が描かれた大きな花器のそばに立ち尽くす男は、華やかに活けられた季節の花々に負けない存在感を放っている。

男性の洗面室は廊下の反対側だったはずだ。もしかしてこの男は、真尋が出てくるのを待っていたのだろうか。

だからといって「なにか御用ですか？」と声をかける気にもならなくて、軽く会釈《えしゃく》して通り過ぎることにする。

「さっき、高校は家の近くの公立を受験するって言っていたな」

真尋は仕方なく歩みを止めた。

確かにさっき、そんな話題になった。

高校はどこへ行くつもりかと仁に聞かれて、『家から近い公立高校に進学するつもりだ』と答えた。仁はそれを聞いて、ほんの少し訝《いぶか》しげに首をかしげていたので、真尋の真意に気づいたのかもしれない。

真尋が今住んでいる家から近い公立高校は、偏差値はほどほどだけれど、同じ中学からの進学者も多い。勉強も遊びも適度に楽しめて、真尋の成績でも充分に進学可能な高校だ。

「高校は、皇華《こうか》にしろ」

「は？」

「おまえが皇華に進学して湯浅の娘として恥じない教養を身につけるなら、俺の父親とおまえの母親との結婚を認めてやってもいい」

真尋は巧をじっと見つめた。

これまでも友人と一緒に遠くからは何度も見かけていたけれど、直接口をきいたのは今夜が初めてだ。

イケメンで、スペックがやたら高くて、さらに御曹司とくれば、真尋の友人をはじめ他の同級生にとっても理想の王子様と言えるだろう。

けれど、他者からのそんな評価を自覚しているこの男は、真尋にとってはただのいけ好かない俺様御曹司でしかない。

彼の父親と真尋の母親が結婚すれば、この男と真尋は義理の兄妹になる。

（やっぱり……こんなお兄ちゃん欲しくない……）

初対面なのに上から目線で、いきなり命令口調で声をかけてくる男なんて。

『子どもたちが反対するならば結婚はやめる』。それが相手の家族との顔合わせが決まった時に母から言われた言葉だ。

「あなたが反対なら反対で構いません。私はどちらでもいいけど、私かあなたが反対すれば結婚がないことは知っています。なので、この結婚はあなたの反対でダメになるってことでいいですか?」

「おまえ……母親の幸せを願わないのか?」

巧は目を瞠《みは》って、呆《あき》れを含んだ口調で問うてくる。

「母親の幸せを願うからこそ、相手のご家族に反対されるのならやめたほうがいいと思っています。それに私も……お金目当てだとか、いきなりお嬢様らしくしろとか言われるのも面倒だし、なにより――」

『あなたと義兄妹になるのは嫌だ』。そう続けようとして、さすがにやめた。

そんな本音を晒《さら》す必要はないし、それで反感を買うのも馬鹿らしい。

「なにより、なんだ」

「いえ、なんでもありません……」

「俺のせいで結婚できないなんて言われるのはごめんだ。結婚は認めてやる。そのかわりおまえは絶対に皇華に進学しろ! 他の学校は許さない」

皇華――つまり皇華女学園。

なんとも御大層《ごたいそう》な名前を持つこの学園は、私立の中高大一貫のお嬢様学校だ。高等部の制服は清楚でかわいらしいため、特に人気がある。

（女子校、それもお嬢様学校ねえ）

真尋は特に進学したい高校があるわけではないし、こだわりもない。

今の成績で行ける範囲で、できるだけ家から通いやすく、さらに知り合いも多そうだから公立でいいやと思っていただけだ。

だから、進学先を皇華にすることで結婚を認めてもらえるなら構わないし、それで湯浅の親族の不満が解消されるのならお安い御用だ。

母親の幸せを願わない娘なんていない。

「……ま、べつに皇華に行くのは構いませんけど、入試に受かるかどうかは別ですよ」

考えたこともなかったので詳しい校風や偏差値さえ知らない。聞いたことがあるのは、お嬢様学校独特の変わった校則が多いという噂ぐらいだ。

受かるとは限らないとあえて言うことで、真尋は自分の逃げ道を確保した。

「大丈夫だ。必要なら俺が教える」

「では、結婚は認めていただけるということで」

「ああ」

「ええと、よろしくお願いします、お兄さん？」

軽い気持ちで口にしただけだったのに、巧は驚いたように目を見開いたあと、ものすごく嫌そうに眉根を寄せた。

「俺を兄と呼ぶな。おまえを妹だと認めるのはまた別だ」

真尋は目を細めて、この男面倒だなあと思った。

中学生の娘と高校生の息子、思春期真っ盛りの子どもを持つ親同士の結婚はデリケートな問題だ。もう少し互いが幼ければ、新しい家族が増えることを純粋に喜べたのかもしれない。

そして、目の前のやたら見目のいい男を兄と呼べるのも嬉しかったかもしれない。

でも真尋は一切そんな期待はしていなかったので、兄と呼ぶなと言われても傷つきはしない。

むしろ、いつまでもどこまでも他人でいたいものだ。

「では、なんとお呼びすれば？」

「名前で」

「名前？」

「巧でいい」

「巧、さん？」

「……さんはやめろ」

「……巧くん？」

「それでいい」

真尋は『本当にこの男面倒、面倒、面倒！』と心の中で何度も唱えた。

以前からなんとなく、面倒そうな男だとは思っていたけれど、やはり真尋の予想は大的中だ。

「では、よろしくお願いします」

それでも真尋はそんな心の声はおくびにも出さず、笑みさえ浮かべて頭を下げてやった。


巧と一緒に部屋に戻るのは嫌で、真尋は少し遅れて行くことにした。

近所の公立高校であれば歩いて通えたのに、皇華に通うとなると電車通学になるのだろうか。そんなことをつらつら考えながら部屋に入ると、早速真尋の進学先について話し合いが行《おこな》われていた。

母は困惑したような表情で「真尋、皇華に進学するの？」と聞いてくる。

それはそうだろう。

今まで真尋の口から、皇華の『こ』の字さえ出てきたことなどない。

巧が結婚の条件に提示してきたからなんて、さすがに言えるはずもなく「さっき薦められて……まあ検討するぐらいなら」と言いつつ巧を見れば、彼は素知らぬ顔でデザートの羊羹《ようかん》を口に運んでいた。

なんとなく先手を打たれた気がする。

「皇華の大学部には興味があったし……高等部から進学する選択肢もあるかなって思って。それに湯浅家の女子は皇華に通うのが基本だって言われたから」

ちょっとでも仕返しになればと、あえて巧をちらりと見る。

すると、仁はなんとなく状況を読んだようで、

「巧の言う通り……うちは女の子であれば皇華進学を薦める。かといって無理に行く必要はないんだ。真尋ちゃんは進学先を皇華に変更していいの？　巧の言うことは気にしなくていいいんだよ」

と優しく言ってくれた。

息子とは違って、やはりこの人になら母を任せても大丈夫だと真尋は思う。

ここで正直に、巧から結婚の条件だと言われたからと暴露して、二人の結婚話を混乱させるのは本意ではない。

それに実際、皇華の大学部には興味があったのだ。

数年前に「看護科」が新設されて、そこには国際的に活躍する看護師を育成するコースができた。さらに他学部には「医療通訳」に関する授業があったり、必要単位を取得すれば「院内学級の先生」を目指すこともできるらしい。

進路選択に対して、柔軟に対応していると評判がいいのだ。

真尋は母と同じ看護師にも関心があったので、質の良い教育を受けられる皇華の看護科には憧《あこが》れも抱いていた。

途中で「医療通訳」や「院内学級の先生」などに進路変更したとしても、融通《ゆうずう》が利きそうなところも魅力だったのだ。

巧には絶対言わないけど。

「皇華に行くのは……構いません」

真尋の返事に、仁はにっこりとほほ笑む。

「そうか。真尋ちゃんが皇華に進学してくれるなんて嬉しいな。だったら、やっぱりうちで一緒に暮らそう。皇華なら高等部も大学部もうちから通うほうが近い」

真尋は話の矛先《ほこさき》が妙な方向に進んだことに気づいた。

「あ、あの！」

「僕たちが結婚しても、真尋ちゃんは同居する気はない。それについては僕も千遥《ちはる》さんから聞いているよ」

結婚話が浮上した時から、真尋はずっと母にそう匂わせていた。

結婚には賛成する。でも結婚するのは母であって、自分ではない。

だから真尋は、祖父母の家に残って生活するつもりだと伝えてきた。

『もうすぐ、高校生になるから大丈夫』

『高齢になった祖父母が心配』

『お母さんは新婚生活を楽しんで』

『高校だってこっちのほうが通いやすいし』

など、など、曖昧《あいまい》な表情をする母親に構わず「結婚相手と私は同居しなくていいよね？」と暗に伝えてきたのだ。

「結婚するのに母親だけがうちにきて、娘はこないなんて、そんな体裁《ていさい》の悪いこと考えていたのか？」

呆《あき》れの中に、ほんの少し見下したような気配をまぜた口調に、真尋はその言葉の主である男を見た。

（体裁《ていさい》が悪い……？）

湯浅家との結婚話が浮上してから、何度となく悪意にさらされてきた。

仁はいい人だと思うし、母の選んだ相手だからと何度も言い聞かせた。

けれど、湯浅一族という背景は真尋にとっては厄介《やっかい》でしかない。

「巧！」

「そうだろう？　父さん。結婚したのに娘が一緒に暮らさないなんて、たとえ本人が望んだことでも、周囲はそうは見ない。父さんとの結婚のために娘を捨てたって言われる可能性だってある」

なんて悪意に満ちたものの見方なんだろう、と真尋は思わずにはいられなかった。

だが、現実は巧の言う通りだ。

二人が愛し合って結婚するのは確かなのに、真尋の母は「お金目当て」だと陰口を叩かれている。

「そんなつもりは……私はただ、おじいちゃんたちのことが心配だし、お母さんと一緒に暮らさなくても家族であるのは変わりないし、高校だって……」

近いし、と言いかけて『あ、皇華目指すって言っちゃったあとじゃん』と思い出す。

巧の出した条件は『皇華に進学する』ということだけのはずだったのに、なぜか真尋にとって嫌な展開になっている。

「叔父さんが同居していると聞いている。だから祖父母を心配する必要はない。家族になるなら一緒に暮らすべきだし、中学を卒業したばかりの娘と離れるなんて千遥さんも望んでいないはずだ。高校は皇華に行くんだろう？　だったら、うちから通うのがいい」

淡々と巧に言い返されて、真尋は口を噤《つぐ》むしかなかった。

湯浅家となんか関わりたくない。面倒すぎて嫌気がさす。

なにより一番、この目の前の男と関わりたくない。

（言っちゃいけない、言っちゃいけないかもしれないけど……）

「そ、それに！　血の繋がりもない年の近い異性と一緒に暮らすのは抵抗があるもの！」

母が、真尋との別居に仕方がないと応じていたのは、そこに一番説得力があったせいだ。

高校生と中学生の男女。

年頃の二人が一緒に暮らすなんて、それこそ周囲がどんな穿《うが》った目で見てくるか。

名家の湯浅家だって、そんな風評被害を受けたくないはずだ。

「それは、俺がおまえに手を出すかもしれない、そう言いたいのか？」

真尋は一瞬怯《ひる》む。

（え？　なんでそうとるの？）

なぜか巧は、いつも真尋の想定外のことを言い出してくる。

「同居すれば、俺が女子中学生に手を出すと？　そんな節操のない男だと言いたいのか？」

巧は冷めた目で真尋を見ながら、さらに畳みかけてきた。

「中学生を相手にするほど困っていると？」

「そ、そんなこと、言ってない……」

「じゃあ、同居するのに問題なんかない。おまえが自意識過剰にならなきゃいいだけだ」

問題ありまくりだ。

親が結婚して名字が変わるぐらいよくある話である。

でも義兄妹になる相手が湯浅巧だと問題しかない。

この男はとにかく有名人なのだ。友人の片想いの相手でもある。

同居するなんて知られたらどんな目に遭うか、想像するのも面倒だ。

「真尋ちゃん。結婚にあたって君がいろいろ不安を抱えているのはわかる。でもこれからは家族になるんだ。僕としてはせっかくできたかわいい娘と、できれば一緒に生活したいと思っているんだけど。僕の願いを叶えてもらえないかな？」

冷ややかな巧とは対照的な仁の頼みに、真尋は拒む術《すべ》を持たなかった。

＊　＊　＊

顔合わせから数か月後、二人はひとまず入籍を済ませた。そして真尋の高校合格後、ごく親しい人たちだけでささやかな結婚式を挙げた。親族へのお披露目パーティーはまた別に設けるらしい。

そして中学卒業と同時に、真尋は湯浅家へと引っ越してきた。

双方の子どもたちの承諾を得られるとすぐに、仁は自宅を大々的にリフォームした。

洋風建築だった建物は、モダンな家に生まれ変わり、両親の部屋は一階に、子どもたちの個室は二階に配置されて、さらに各個室に専用のバスルームや洗面室が備えつけられた。

顔合わせ時の真尋の発言を考慮したのか、年頃の子どもたちの同居への配慮からか、プライバシーが守られる空間づくりをしてくれたのだ。

個室には鍵がつけられ、巧と真尋の部屋は階段脇の共用スペースを境に左右に分けられている。

一階にもリビングダイニングがあるが、そちらは家族全員で過ごすスペース。二階の共用スペースが第二のプライベートリビングのような形になっており、そこにもソファやテレビが設置されている。

上下階に分かれた二世帯住宅のような作りになっていた。

元々巧が自分にどうこうする心配などしていなかったが、それでもプライバシーを確保できることに感謝した。

おかげで一緒に生活し始めてからも適度な距離が保たれていて、思ったよりも同居生活はスムーズに進んでいる。

そして今日、真尋は皇華の入学式を迎える。

入籍後も中学卒業までは旧姓で通していたので、これから新しい名字を名乗る生活が始まるのだ。

湯浅真尋——と、何度も頭の中で繰り返しながら、真尋は制服に着替えた。

皇華の高等部の制服は、清楚で可憐《かれん》だと評判だ。

真っ白な丸襟《まるえり》ブラウスに紺色のジャケット。襟元《えりもと》には細い臙脂《えんじ》のリボン。Aラインに広がるスカートは膝が隠れる長さで、裾《すそ》に白いラインが一本入っている。指定の靴もローファーではなくラウンドトゥのストラップシューズだ。

髪を染めるのとパーマは禁止だけれど、結んでいなければならないという規則はない。だから真尋も、脇の下まで伸びた髪をハーフアップにした。毛先にゆるいくせがあるため軽くカールがかって見える。

鏡で制服姿を確かめたあと、真尋は階段を下りていった。

義父と巧はコーヒーを飲んでいた手をとめて、制服姿の真尋を見る。母は目を細めてほほ笑んでいる。

「真尋……馬子《まご》にも衣装だな」

「真尋ちゃん！　かわいい！　元々かわいいけど、皇華の制服はさらにかわいらしさを引き立てている！　さすが千遥ちゃんの娘！」

「真尋、すごく似合っているわよ」

義父も母もカメラ、カメラと叫びながらバタバタと動き始めた。

すると、巧がすっと近づいてきて、真尋の目の前に立った。

一足先に大学の入学式を終えた巧は、ついこの間まで高校生だったとは思えないほど大人びた服装をしている。

制服を着なくなっただけで一気に少年っぽさが消えた。

春休み中に車の免許も取ったらしい。

すっと伸びた手が、真尋の制服のリボンをほどいた。

皇華のリボンは昔ながらの結ぶタイプのものだ。

巧は器用に結び直して綺麗《きれい》な蝶々《ちょうちょ》をつくった。

胸元に触れるわけではないのに、大きな手がすぐそばで動いて真尋は知らず息を止めた。

「髪……染めてないよな」

「染めてない。校則違反だから」

「元々明るめの色なのか……紺色の制服のせいか余計に明るく見える。一筆千遥さんに書いてもらったほうが安全かもな」

「髪の色？」

「そう。皇華は他の学校とは禁止事項がいろいろ違う」

肩に落ちていた真尋の髪に巧が手を伸ばす。背中に優しく流すその仕草に『近い、近いよ！』と心の中で叫ぶものの、表情には一切出さないように耐えた。

一緒に暮らし始めてすぐに敬語は禁止された。

妹だと簡単には認めないみたいなことを言っていた割には、巧の対応は冷たくはない。

いや、むしろ――

こうして制服のリボンを直したり、簡単に髪に触れてきたりする。

こんなに男の子に近づかれたこともなければ髪を触らせたことなんかもない。きっと普通なら手を振り払っているはずだ。

けれど、巧は平然として慣れたように触れるので、振り払えば自分だけが意識しているように思えて、真尋は動けなかった。

(妹だから？　この距離の近さは妹だからなの⁉)

「真尋……明日から皇華には俺が大学に行くついでに送るから」

「え？　だって、園部《そのべ》さんは？」

湯浅家にはお手伝いさんも運転手さんもいる。園部は湯浅家お抱えの運転手だ。

皇華には変わったきまりがたくさんあって、通学は車が基本だ。

駅から離れた閑静な場所にあるせいで狭い路地や見通しの悪い道路が多く、生徒の安全確保のため徒歩や自転車通学は禁止されている。学校説明会でも『車送迎ができることは必須条件です』と言われた。

さすがに大学には、そんなきまりはないが。

だから、真尋も園部の運転する車で通えばいいと言われていた。義父の出勤時間と重なる懸念《けねん》もあったが、『大丈夫だよ』と言っていたので深く考えなかった。

大丈夫って、もしかしてこういうことだったのだろうか。

「園部さんは父さんを送る。時間をずらせば大丈夫だって最初は言っていたけど、しばらく忙しくて早めに出たいらしい。どうせ俺は車で行くし皇華は途中だ。帰りは園部さんが迎えに行くけど、時間帯が合えば俺も行く」

巧に送迎を頼むなんて、できれば遠慮したい。

車通学が原則でなければ丁重《ていちょう》にお断りしたいところだ。

だが、車通学は大前提。

「でも、巧くんの負担になるんじゃ……」

遠慮ではなく迷惑なんだけど、という気持ちで言ってみる。

巧は敏感にその意図を感じ取ったくせに、じろりと真尋を睨《にら》んで譲らない。

「俺がいいって言っている。余計なことを考えるな」

そう言われると真尋はなにも言い返せない。これまでの短い付き合いの中で反論しても無駄なことを真尋は学んでいる。

「……じゃあ、よろしくお願いします」

渋々、小さく頭を下げた。

車通学は楽だと安易に思っていたけれど、こうなると放課後、自由に遊びに行く機会がないのでは？　と思ってしまう。

皇華はそういうことも暗に禁止したかったのかもしれない。

「巧、真尋ちゃん、写真撮ろう！」

「俺の入学式の時は、そんなこと言わなかったくせに」

「息子なんて撮ってもつまらないだろう！　ああ、千遥ちゃん、娘っていいねえ。皇華の制服着た娘を見られるなんて最高だよ！　真尋ちゃんは、ものすごくかわいいし、制服もすごく似合っているし」

湯浅製薬社長とは思えない発言を繰り返す義父に、真尋は苦笑した。

会社では威厳ある姿なのだろうけれど、ここではかわいいおじさまだ。一緒に暮らし始めてから、母が義父を選んだ理由がなんとなくわかった。

そうして庭に出て、お手伝いの頼子《よりこ》に写真を撮ってもらった。

義父と母と義兄と一緒に……それは紛れもなく幸せそうな家族の写真だった。

＊＊＊

皇華への朝の送迎を運転手の園部ではなく、巧にしてもらうことになったので、真尋は早目に学校へ行くことにした。

巧は最初『なんでそんなに早くに行くんだ?』と文句を言っていたけれど、一度送迎の渋滞に巻き込まれそうになってからは黙っている。

入学して初めて知ったが、巧の在籍していた高校とこの皇華は提携校で、特に高等部は交流が盛んだったらしい。

巧は生徒会役員をしていたため、皇華との関わりが多くあり、その存在は校内でも広く知られていたことが発覚した。

もっと早く知っていれば入学を考え直したのに、と思わなくもない。

確かに真尋の中学でも巧は有名だった。

だから、提携校と知ってからはなおさら、湯浅巧の義理の妹になったことを、いつまでも隠し通せるとは思っていなかった。

とはいえ入学して早々に、動物園のパンダの赤ちゃんのような気分を味わうことになるとは。

初日から『あれが巧さまの義理の妹?』という好奇と嫉妬《しっと》混じりの視線にさらされたのだ。

巧さま——真尋の中学でも巧は、こっそりそう呼ばれていた。

まさか皇華でも同じように呼ばれているとは思わず、最初は呆《あき》れ驚いたけれど。

真尋は『巧さま』人気を侮《あなど》っていた。

（なんでホームルームが延びた日に限ってお迎えなのよ！）

真尋は、園部からの『今日は巧さんがお迎えに行かれます』というメッセージが入ったスマホを睨《にら》みつけた。

朝は巧が送ってくれるが、時間帯が早いので生徒と会うことなどない。

それに帰りの送迎は園部の担当だ。

『巧さまの義理の妹』なんて一度見れば満足するだろうし、嫌な視線もいずれ消えるだろうと思っていたのに、こんな風に時折ふらりと巧が迎えに来るせいでいつまでも収束しない。

巧のお迎えは、あくまでも気まぐれだ。

大学の授業が休講になっただとか、園部さんが忙しそうだからだとかで、いきなり園部経由で連絡が来る。

迎えに来るなとは言えないので、真尋はせめて利用者の少ない第五駐車場で待つようにお願いした。

車送迎必須の皇華では、いつも列の連なるロータリー以外にも、広い駐車場が完備されている。ロータリーの利用は屈指のお嬢さま方優先だが、大半の生徒は昇降口に近い大駐車場を利用する。

第五駐車場は校舎から離れているだけでなく、大通りからも遠く道も狭いため利用者が少ない。

だから巧が迎えに来るとわかっている日はそこに停めてもらい、速攻で教室を飛び出して、見つからないように努力してきた。

けれど最近『巧さまが義理の妹の送迎をし、第五駐車場を利用しているらしい』という噂が広まり始めたのだ。

お嬢さま方が送迎されている車は大きいので、第五駐車場まで車で進入してくることはないが、わざわざ歩いて寄り道する女子生徒の数は少しずつ増えていった。

ひとえに真尋を迎えに来るかもしれない巧を見るためだ。

そしてホームルームが大幅に延びた今日に限って、巧がすでに迎えに来ている。

巧はきっと、いつもの時間に駐車場で待っているに違いない。

そして、皇華の中でも強者《つわもの》女子たちは遠慮なく彼のまわりを取り囲んでいることだろう。

案の定、駐車場に近づくにつれて黄色い声が聞こえてきた。

巧は周囲を女子高生に囲まれて、小さな車のそばに立っていた。

これだけ騒がれているのに、巧はあまり愛想がよくない。

群がる女の子たちに笑いかけたりもしないし、話しかけられても無視をする。

それでもなお女の子たちはきゃあきゃあ言いながら話しかけているが、巧は口を結び睨《にら》みはしないものの、視線はそらしたままだ。

真尋はその場面を見て、どうしてみんな彼の発する空気を読まないのだろうとため息をついた。

(不機嫌だ、ものすごーく不機嫌だ)

この面倒な男の相手をするのは、最終的に真尋になる。

車送迎必須でなければ歩いて帰りたいと切《せつ》に願いながら、おそるおそる近づいた。

巧は真尋を見つけると、無表情をガラリと変えて、見たこともないような笑顔を向けてきた。

「真尋！」

(誰⁉　あいつは誰！　怖い、とにかく怖い！)

爽《さわ》やか王子とでも言えそうな笑顔は、周囲の女子生徒たちの頬を薄桃色《うすももいろ》に染めて、真尋の顔面を蒼白《そうはく》にした。

巧はほほ笑みを張りつけたまま、長い脚を優雅に繰り出して近づいてくる。

そうして立ち尽くす真尋の前にくると、なんのためらいもなく手を伸ばして真尋の腰を抱く。

「真尋……いつもより遅いから心配した。なにかあったのか？」

もう片方の手は真尋の頬にそえられて、さも心配そうな眼差しを向ける。

「な、なにも？　ホームルームが延びた、だけ、です」

あまりの恐怖に、思わず敬語になってしまう。

よほど長い間、女の子たちに囲まれていたのだろうか。いつも以上に不機嫌さに拍車がかかっている。

だったら車の中にいればよかったのに。

それよりも抱きしめているような体勢が、近すぎる顔が、甘ったるい空気を放った。

「よかった。真尋帰ろう」

キラキラした笑みとともに、甘い声が真尋の耳元に届く。

そうして真尋の腰を抱いたまま、女の子たちが茫然《ぼうぜん》と立ち尽くす中を車に向かって歩いていく。

恥《は》ずかしい、恥《は》ずかしすぎる。

さすがに真尋も、こんなことをされれば無表情ではいられない。

巧へ向ける女の子たちの甘い視線と、自分に向ける冷徹な視線とを受けて、そそくさと車に乗り込んでその場から逃げた。

明日からの学校が怖い。女子の噂は凄《すさ》まじい。

今日の巧の様子を見て、彼女たちがどんな噂を広めるのか想像もつかない。

真尋はそっと巧の横顔を盗み見た。

女の子たちに囲まれて随分不快そうだったから、怒っているかと思えば、むしろご機嫌に見える。

（え？　なんで？）

それはそれで、あやしい気がして真尋は思わず注視してしまった。

「なんだ？」

「あ、うん。大変だったら無理してお迎えに来なくても……」

最終手段でタクシーという手もあるのだ。

「大変って、なにが？」

「だって、女の子たちに囲まれて大変そうだったじゃない」

「あー、まーうるさかったな」

「嫌だったんじゃないの？」

「んー、嫌だけど、ああいうのは慣れている。まあ、大学生よりはマシだよ。皇華だし節度はあるほうだ」

そうですか、そうですか！　そうですか!!

慣れているとさらりと言えるあたり、さすがですね！　と心の中で称賛してやった。

「ま、大変になるのはおまえだろう？」

にやりと巧は笑って真尋を見た。

巧が選んだ車は小さなイタリア車だ。ドイツ車に乗ってくるのかと思っていたら、今は小回りが利いて、やんちゃなのがいいと言う。

だから車内は狭く、距離が近い。

「わざと？　さっきの、わざと私に笑顔向けたんでしょう！　なんでっ」

「湯浅巧には義理の妹ができた。彼はできたばかりの妹を溺愛しているらしい。だから特定の恋人は必要ない」

「なに、それ？」

「俺の大学で広まっている噂。女に告白されるのが面倒で、おまえを引き合いに出したら落ち着いた。皇華にも広まれば俺の周囲は安泰だな」

「はあっ？　犠牲になるのは私じゃない！」

「兄が妹をかわいがってなにが悪い？　俺はできたばかりの妹に夢中だろう？　毎日皇華まで車送迎しているんだからな。それに、高校内のいざこざぐらい、収められなくてどうする？　どうせこれからも、俺の義理の妹で湯浅令嬢になったってだけで周囲からはいろいろ言われるんだ」

周囲からのあれやこれやは当然、真尋の耳にも入ってくる。

巧は飄々《ひょうひょう》としているので、気づいていないか無関心なのだと思っていた。

いや、むしろ目立つ行動をして、真尋に嫌がらせでもしたいのかと思っていた。

「その代わり、高校外のすべてのいざこざからは守ってやる」

その言葉で、真尋は自分の中に渦巻いていた不平不満が行き場をなくしたのを感じた。

赤信号で停車すると、巧は真尋をじっと見る。

「俺がおまえを守る」

こくんっと唾液《だえき》を呑み込んだ。

真尋を見つめる巧の目は、なにかを雄弁に語ろうとしているかに見えた。

それを読み取ることに危機感を覚えて、真尋はさっと目をそらした。

＊＊＊

皇華は中高大の一貫校だ。中等部の募集人員は少なく、高等部で増える。一時期、内部生と高等部からの外部進学生とはクラスが別だったが、最近は、特別進学クラス以外は一緒になっていた。

出席番号順で前後になったことで、真尋は内部生の矢内結愛《やないゆいな》と友達になった。

最初は内部生というだけで、お高くとまっているのではないかと警戒していたが、逆にお嬢さま学校の生徒らしくおっとり穏やかな彼女に、真尋はすぐに好感を持った。

むしろ外部進学生のほうが皇華ブランドを鼻にかけているところがある。こそこそと真尋の噂話をするのも外部進学生が多い。

そして今、真尋はいつも結愛と一緒にお弁当を広げている裏庭で、陰でいろいろ言っている人たちと初めて直接、対峙《たいじ》していた。

結愛は、内部生の友人に呼び出されたとかで、遅れてここに来ることになっている。もしかしたら彼女たちがそんな裏工作をしたのかもしれない。

中庭には芝生が広がり、屋根のついた東屋《あずまや》にベンチやテーブルが設置されていて、お昼休みには人が溢《あふ》れている。

しかし、真尋も結愛も多くの人に囲まれるのは苦手なため、あえていつも人気《ひとけ》のない裏庭で過ごしていた。

それが仇《あだ》になったようだ。

「巧さまの妹になったからって、我が物顔でふるまうのはどうかと思うわ」

我が物顔でふるまった覚えなんてないんだけど……と思いつつ、先日、迎えに来た時の巧の態度のせいだと心の中で罵《ののし》った。

「我が物顔って？」

「そうでしょう？　本当の妹でもないくせに、巧さまを足として使って、さらに優越感に浸って！　そういう態度を我が物顔って言うのよ！」

こうして女子生徒に囲まれる可能性を考えていたのかどうか知らないけれど、あの時巧が言った言葉を思い出す。

『おまえも、妹だから俺にかわいがられているって堂々と言えばいい。存分に俺の名前を利用しろ』

俺は俺で存分に利用するからな、とつけ加えながら。

真尋はこういう面倒なことが大嫌いだ。

今後もこんな呼び出しはありそうだから、一発目でなんとか決めなければならない。

真尋はすっと息を吸うと、ふわっと雰囲気をやわらげた。

「皆様方を不快にさせて申し訳ありません。義兄にはもう送迎をお願いしないことにします。義兄は私をとてもかわいがってくれているので、きっと理由を問われると思いますが、その時は皆様に言われたことをお伝えしますね」

「……なっ‼」

「義兄がどれだけ私を溺愛しているかは、先日のお迎えの様子をご覧になった方ならわかると思います。送迎を断る理由を聞けば……義兄はそうおっしゃった方々を許しはしないでしょう。そうそう、私の特技は人の顔を覚えることなんです。学年、クラス、お名前まできちんと義兄には報告いたしますので」

「あなたっ、そんなことしてただで済むと思っているの！」

真尋は口元に笑みを浮かべた。

彼女たちが恐れるのは巧に嫌われることのはずだ。目に力を込めて彼女たちを一人ずつ一瞥《いちべつ》した。

「私に手を出せば、義兄が許さない。それだけは覚えておいてください」

彼女たちは顔を紅潮《こうちょう》させて、捨て台詞《ぜりふ》を吐くと身を翻《ひるがえ》していった。

姿が完全に消えてから、真尋はいたたまれなくて腰を折って座り込む。

ありえない……巧が『溺愛』しているとか『許さない』とか……どこの義妹の話なんだ。

自分で自分の台詞《せりふ》に赤面する。

こういうやり方は好きではないが、巧が利用しろというならそうするのが一番だ。

なにかあれば巧に言う。絶対言う。後始末は全部彼にお任せする。

パチ、パチ、パチとやる気のない拍手に、真尋は振り返った。

「真尋、すごい！　私の出る幕なかったね」

「結愛ーっ」

「ふふ、真尋『溺愛』されているんだー。まあ、そんな感じだよね」

「違う、違う、違うから！　あれはハッタリだから！」

「うん、でもそうしておいたほうがいいかも。余計な嫉妬《しっと》されるのも面倒でしょう？

真尋が義理の妹なのは本当なんだから」

真尋の言葉などさらりと流して、結愛はにっこりほほ笑む。さらさらの黒髪を背中に下ろしている結愛は、清楚可憐《かれん》な皇華生の見本のようだ。

さっきまでの毒気が抜かれて、真尋は苦笑した。

「お昼食べよう」

「うん！」

その後、噂はうまい具合に広がったようで、それ以降皇華内で真尋がからまれることはなくなった。

＊＊＊

高二　秋――

「好きです。付き合ってください」

巧は告白してきた相手を見下ろした。この制服は巧が通う男子校の近くにある中学校の物だ。

彼女が中学三年生であるならば、巧とは二つ違うだけだが、中学生と高校生ではその差が大きい。

そして女の子の数年は、それこそ随分違うものだ。

同じ高校生の女の子であればまだいいが、中学生はどんなに大人びていても子どもにしか見えない。自分も子どもでありながらそう感じる。

「中学生は相手にしないから」

そう一言だけ言って彼女の横を通り過ぎた。

どこかで隠れて見ていたのか、泣きだした彼女を友人たちが慰《なぐさ》めている。

改札を抜けると、先にホームに行っていた友人たちがにやにやしながら巧を待っていた。

「今度は中学生かよー、巧」

彼女たちが巧を捕まえられるのは、高校の正門かこの駅しかない。だからどうしてもこういう場面を誰かに見られることになる。友人たちは巧が呼び止められると「お疲れさん」と言って置いていく。確かに巧は疲れていた。

「いっそ特定の彼女を作れば、告白も減るんじゃない？」

別の友人の提案に巧はだるそうに首を左右に振った。

一度それで「特定の彼女」を作ったことがある。それはそれで結果的に別の意味で面倒になった。以来その手段は封印中だ。

「お、あれハンカチちゃんじゃねえ？」

「あ、本当だ」

彼らが言う「ハンカチちゃん」とは、さきほど告白してきた子と同じ中学の女の子だ。

巧の目の前で派手に転んだ彼女に、巧は手を差し出した。膝小僧をかなりすりむいて痛そうだったからハンカチを渡した。そのハンカチを律儀に洗濯して、アイロンまでかけて返しにきたのがハンカチちゃんだ。

名前を名乗った気もするが巧は覚えていない。

友人たちとホームで電車待ちしている間にハンカチを返しにきたから、彼らも覚えている。

恥《は》ずかしさに泣きそうになりながら、でも懸命に「ありがとうございました」とハンカチを差し出されて受け取らないわけにもいかない。もとは自分のものだ。

ついでに連絡先を渡すなり、聞くなりしてくるかと思えば、彼女はそれが精いっぱいだったようで、そそくさと立ち去ってしまった。

以降、たまに遠くから視線を感じる。

今も友人たちの示す方向を見れば、彼女はぎょっとしたように慌てて、誰かのうしろに隠れた。

巧に近寄ってくる女の子は積極的な子が多いため、想いを寄せながらも接近してこない彼女は逆に目立つ。

盾《たて》にされた女の子のほうは呆《あき》れた様子で、ハンカチちゃんを諭し、ぶんぶん首を横に振る彼女を仕方なさげに見たあと、自分たちの視線から隠すように背中を向けた。

「かわいいなあハンカチちゃん、初心《うぶ》って感じ」

「お友達も優しいよなあ」

遠くから見るだけのハンカチちゃんと、それを見守るお友達は、巧たちの間でもほのぼのとした存在になっている。

幼さが抜けていないところや、かわいらしさが妹みたいに思えるらしい。

彼女たちはそんな印象を持たれているなど露《つゆ》ほども気づいていないだろうけれど。

「あのまんますくすく成長してほしいもんだ」

「そうそう」

その頃はまだ、そういう認識でしかなかった。


バレンタインデーに創立祭、学園祭、おおよそのイベント時に彼女たちを見かけていた。巧たちが気づいているなんて思いもしないのか、ある意味無邪気に。

けれど、見かけるたびに印象が変化する。

ハンカチちゃんの髪は伸びて頭のてっぺんで揺ら揺らする。

お友達はぐんっと身長が伸びた。そして二人とも体つきが変わった。

きゃあきゃあ騒ぐでもなく、無遠慮《ぶえんりょ》に近づくでもなく、いつまでたってもひっそり見ているだけの彼女たちだったが、学園祭の時にトラブルに巻き込まれた。

そんな二人の存在に他の女の子たちが気づいて、文句を言い始めたのだ。

これには、正直巧も呆《あき》れざるを得なかった。

「あなたたちみたいに地味な子が巧さまの周囲をうろつかないで！」とかなんとかだ。

「巧さま」と呼ばれていることに気づいていても、いつまでたってもその呼び名には慣れなかった。彼女たちは自分のなにを見ているのか、身近にいるアイドルかなにかだと思っている様子がひしひしと伝わる。

巧は基本、そういう騒ぎには無関心を貫いていて、その時も裏庭での騒ぎを生徒会室から眺めていた。

「この子はただ彼のことが好きなだけです。気持ちはあなたたちと同じなんです。遠くから見るぐらいは許してもらえませんか？」

女たちの、それも高校生の集団に囲まれて泣きそうになっていたハンカチちゃんをうしろに庇《かば》って、頭を下げたのはそのお友達だった。

彼女は声を荒らげるでもなく、ただ正直にハンカチちゃんの気持ちがどれだけ本物か代弁していた。「一目見るだけで元気になるんです」「それだけでいいんです」と当の本人としては恥《は》ずかしいほどの台詞《せりふ》が並べ立てられる。

そのうちなぜか彼女の言い分に共感して、「そうよね、巧さまを好きな気持ちは一緒よね」などと泣き出す女子高生まで出始めた。

事態を見守っていた生徒会連中は、にやにや笑うだけだったが。

凛《りん》とした立ち姿で、怯《ひる》むことなく友人を守って、穏やかに事態を収束させた彼女に、巧は初めて興味を抱いた。

そしてそれから……二人が視界に入るたびに彼女を見てしまう。

くせのあるゆるやかな髪が肩についていくのを。

夏服から伸びるしなやかな手足を。

幼さをどんどん消していくその表情を。

父の再婚相手の家族との顔合わせで、遠くから見知ってきた彼女が目の前に現れた時の巧の驚愕《きょうがく》など、彼女は知りもしないだろう。

父が再婚したいと切り出してきた時、巧は正直驚いていた。

湯浅製薬社長といえば華やかに聞こえるかもしれないが、代々続いてきた古い家には柵《しがらみ》が多い。

父が社長に就任する前後もいざこざがあって、親族関係のトラブルに巻き込まれた。

そのため、繊細だった巧の母は耐えられずに病に倒れた。

母亡きあと、様々な思惑から周囲に再婚を勧められていたのに、父はそれを受けなかった。だからもう再婚はしないのだと思っていたのだ。

その父が、決断した。

「うるさい親族を抑えられるのか」「母の二の舞にさせない自信はあるのか」「今度こそ守れるのか」――いろんな言葉が渦巻いたけれど、巧はそれを口にはしなかった。

もうすぐ高校も卒業する。大学入学と同時に一人暮らしでもすれば同居もせずに済む。なにより、親の人生と自分の人生は違う。

どんな女性を妻にしようと、父親が覚悟を決めた相手ならそれで構わない。その女性に子どもがいて、それが三つ下の女の子だと聞いても自分には関係ない。

そう思っていたのだ。

顔合わせの日までは。


「そう。知らせてくれてありがとう。引き続き注意してくれたら助かる」

真尋が皇華に入学してから数か月――

電話の向こうの人物に、くすくすとした笑い声とともに『承知しました。本当に義理の妹さんがかわいくて仕方がないんですね』と言われる。

巧は特に反論もせず電話を切った。

電話の相手は皇華の三年生だ。生徒会時代に関わりがあったことと、友人の恋人ということで頼みやすかった。

こうして定期的に真尋の高校での様子を知らせてくれる。

真尋が入学した当初の噂は凄《すさ》まじく、巧が眉をひそめるような内容のものもあった。しかし真尋はそれについて一切愚痴《ぐち》ることはなかった。

義理の妹になったことは隠しようがない。

だから巧は自分の存在を隠すよりは、公《おおやけ》にしたほうが真尋を守りやすいと思ったのだ。皇華に進学させたのは、やはり正解だ。あそこなら湯浅の名前も巧のコネも通用する。

「かわいくて仕方がない、ね」

確かに巧は、真尋が義理の妹になってからその台詞《せりふ》を便利に使っている。

『真尋は俺が守るから、千遥さんは父さんが守ってよ。俺は母さんの二の舞だけは嫌だ』

そう言った時、父は驚きと困惑を珍しく表情に出していた。言いたいことはいろいろあっただろうに、余計なことは口にせず『じゃあ、真尋ちゃんのことはおまえに任せよう』と言ってくれた。

こうして義理の妹を守ることを父に託された。

だから巧はそれを守っているにすぎない。

大学生になっても一人暮らしを始めないのも、できるだけ送迎をするのも、こうして高校生活を気にかけるのも、見知っていた彼女が『妹』になったからだ。

巧は『妹』になる前から真尋のことを知っていた。

彼女も『兄』になる前から自分のことを知っていた。

けれど互いにその事実を口にしたことはない。

「実際はかわいげなんてないけどな」

直接顔を合わせた時から、真尋は警戒心丸出しで巧に接してきた。

『お兄さんになるなんて嬉しい』とかいう甘ったるい言葉は出てこないだろうとは、なんとなく思っていた。

けれど『以前からお見かけしていました』とか『お話しできて緊張します』ぐらいは言ってくるだろうと思っていたのに、彼女は『あなたの存在を初めて知りました』というような態度だったのだ。

そして、こうして家族になっても、一緒に暮らし始めても、真尋はどこか距離を置いている。

できたばかりの『兄』という存在に、甘えて擦り寄ることも、友人に自慢することもなく、むしろ迷惑そうにしている。

まるで懐かない猫のように——

だから構いたくなるのか、からかいたくなるのか。

マイナス感情はためらうことなく表情に出してむしろ素直なのに、嫌な目に遭っても、困ったことが起きても、そういうものは一切表に出してこない。

素直なのか素直じゃないのか。

「巧くーん、まだ起きている？　お義父さんがケーキを買ってきたからみんなで食べようって」

階段を上がったスペースから真尋が叫んでいる。

彼女はなにを警戒しているのか、もしくは遠慮しているのか、巧の部屋にはできるだけ近づかないようにしている。そんな大声を出さずとも、部屋の前まで来て、ドアをノックして声をかけてくれればいいのに。

それに、ケーキなんか興味ない。

それは父だってわかっている。

家族団らんの時間を設けるための、もしくは部屋にこもりがちな真尋を誘《おび》き出すためのただの口実。

巧は返事もせずに部屋を出た。

真尋が「あ、起きていたんだ」とぼそりと呟く。巧の姿を見て、階段を下りようとする彼女を巧は呼び止めた。

「真尋」

「なに？」

「大声で呼ぶな。部屋まで呼びに来い」

「……はい」

返事は素直だが表情は嫌そうだ。それにきっと、これから先も言った通りにはしない。真尋は、お風呂から上がって部屋でくつろいでいたところに、父が帰ってきて呼ばれたのだろう。

ロングワンピースにカーディガンを羽織った姿は、色気もなければ見苦しくもない格好なのに、巧の心を落ち着かなくさせる。

だから、手を伸ばして髪に触れた。

脇の下まで伸びた、明るい色のふわふわでやわらかな彼女の髪。

「髪、きちんと乾かしたのか？」

「乾かしたよ」

「少し冷たい」

「そう？」

髪を指に絡めて軽くひいた。それはさらりと指の間をくぐりぬけていく。

「真尋、もう少し髪伸ばせ」

「はい？」

（そうでなきゃ、すぐに逃げていく）

「おまえの髪、ふわふわ落ち着かないから伸ばしたほうがいい」

「はい、はい、すみませんね。ぼさぼさで」

「ぼさぼさなんて言ってない」

真尋は少しむっとしたように、先に階段を下りていく。

背中に揺れる髪。無防備な背中。そこはかとなくわかる体のライン。

高校生になったばかりの、まだあどけなさを残す彼女に、覚えるべきではない衝動。

巧はそれを自覚している。

（家を出るか……）

元々、大学入学と同時に一人暮らしをする予定だった。祖父からも入学祝いと称して、大学に近い場所にマンションの一室をもらった。

税金対策と投資を兼ねて購入した物件で、いつでも生活できるようにすべてが整っているし、実際、巧の住民票はすでに異動してある。

母が結婚しても別居を希望していた真尋を同居に促《うなが》した責任と、義理の母になった千遥への気遣いとで、しばらくは家族ごっこをしてもいいだろうと考え、独立を延期していたにすぎない。

いや、本音はもっといろいろな彼女を見てみたかったから。

高校の制服姿。

少しおとなしめの私服姿。

ラフな部屋着姿で、一緒に食事をして、リラックスしてテレビを見て、同じ空間で過ごしてみたかった。

「父さんお帰り」

ダイニングテーブルにつくと、千遥が紅茶を淹《い》れて、真尋がケーキをお皿に取り分けていた。

お手伝いの頼子は帰ったのだろう。

父も千遥も仕事が不規則だから、こうして家族が集まる機会は実はあまりない。

だからか、真尋の表情がいつもよりもふんわり緩んでいる。

十五歳の少女らしいあどけなさが垣間見えると、巧の心にも温かなものが灯《とも》る。

(だから、もう少し……)

義理だとしても、家族という関係の中で少しずつ気を許して安堵《あんど》しつつある真尋の姿を、もう少しだけ見守っていきたいとも思うのだ。

「巧くんはどのケーキがいいの?」

「おまえは?」

「私?　私はチョコレートかイチゴかなあ」

「だったらイチゴをもらう」

「え?　なんで?　普通は他のキャラメルとか抹茶とかから選ぶところでしょう!」

「俺は今イチゴの気分だ。おまえはチョコレートにすれば?」

「うー、そうだけど！」

「真尋ちゃん！　今度は巧にとられなくて済むように、二つずつケーキを買ってくるよ！」

父がまた馬鹿っぽいことを言い出して巧は呆《あき》れた。

真尋も「え？　そこまでしなくていいよ」と怖気づいている。

千遥や真尋と暮らし始めて知った父の新たな面が、この『馬鹿っぽさ』だ。正直あまりこんな一面は知りたくなかった。

「巧にいじわるされたらすぐに言うんだよ、真尋ちゃん」

たかがケーキ選びのどこが意地悪なんだと思えば、父は意味深な眼差しで巧を一瞥《いちべつ》した。

どうやらいろいろ見抜かれているらしいけれど、隠す気もないので無視をする。

（もう少し、あんたに付き合ってやるよ）

父の望んだ家族ごっこ。

それは真尋の心の奥底に隠れていた望みでもある。

巧は椅子に座ると目の前のイチゴのケーキを見た。向かいに座る真尋の前にはチョコレートケーキがある。

「真尋」

巧はケーキの上にのっていたイチゴをへたごとつまむと、真尋の唇に押し付けた。

「イチゴだけはおまえにやるよ」

真尋は驚きに目を見開きつつ、押し付けられたイチゴを受け入れようと、反射的に口をあけた。

へたを掴《つか》んだままでいると、ぎりぎりのところを真尋は噛む。指先に彼女のやわらかな唇の感触が伝わった。

「巧……フォークを使いなさい」

父は一瞬声を荒らげかけて、なんとか押しとどめたようだ。

真尋は「いきなりはやめてよっ」ともごもごさせて言うだけだし、千遥は「あらあら」と気にも留めない。

「はい、父さん」

巧は素直にそう言うと、フォークを手にした。

指先に残ったやわらかな感触を記憶に留めながら。

＊　＊　＊

真尋が高校二年になる時に、巧は家を出た。

大学と一族が経営する会社の中間にあたる場所で一人暮らしを始めたのだ。

聞けば、大学入学と同時に元々そうするつもりだったらしい。親たちの結婚が決まって延期することにしたようだが、真尋にしてみれば、だったら初めからそうすれば良かったのにと思う。

真尋は祖父母の元で生活し、巧は独立する。

そうすれば母たちは二人きりの新婚生活を送れたはずだ。

『顔合わせの日に、同居が当たり前だみたいなことを言わなければ、早く一人暮らしできたんじゃないの？』と、引っ越し当日にぼやいたところ、巧は真尋の髪を一房《ひとふさ》掴《つか》んで軽くひっぱりながらほざいた。

『家族になったんだ。少しぐらい一緒に生活して家族らしく過ごすのも悪くなかっただろう？』と。

なにかとこの男は真尋の髪をいいように扱う。背中の真ん中まで伸びた髪は、すぐに巧のおもちゃにされてしまう。

同居生活はたった一年。

家族らしく過ごせたのだろうか。真尋にはよくわからない。

けれど巧が家を出ていくことを、少し寂しいと思ったのは彼には内緒だ。

そうして、真尋の送迎も運転手の園部がするようになり、巧は気が向いた時にだけふらりと迎えに来るようになった。

そして今日も、巧の気まぐれが発動されたようだ。いつもの辺鄙《へんぴ》な第五駐車場に向かうにつれて、なんとなく騒がしいと思えば、一台の車に人だかりができていた。

巧の愛車の黄色い車は小さすぎてその人混みに埋もれている。

巧が迎えに来ると、結愛は必ず『じゃあね、真尋』とにこやかにするりと去っていく。まるで余計なものを感知したくないようで、喧騒《けんそう》の中に真尋を放置するのだ。

去年の夏休みが明けてから、結愛はぐんっと雰囲気を変えてしまった。

その理由については触れられたくない様子だったからずっと見守ってきたため、真相を知ったのはつい最近だ。

真尋はまっすぐな黒髪が翻《ひるがえ》るその背中を見送ると、勇気を出して一歩を踏み出した。

巧が真尋の存在に気づいて顔を上げる。

「真尋」

と、どこから出しているのかわからない甘ったるい声で名前を呼んできた。

それを聞くと『ああ、せっかくの巧さまとの時間が……』と責める周囲の女の子たちの冷たい空気がびしばし突き刺さってくる。

けれど彼女たちは分《ぶ》をわきまえて、さあっと蜘蛛《くも》の子を散らすように去っていった。

「だから、迎えに来るなら来るって知らせて！」

「知らせたらおまえ、結愛ちゃんの車で帰ろうとするだろうが」

どうやら気づかれていたらしい。

『巧さんがお迎えに行きますので』と園部から連絡があった時に『今日は結愛と試験勉強して、そのまま送ってもらうから』と言って、お迎えを何度か断ったことがある。

そのせいか、以降は巧がお迎えに来るかどうか知らせなくなった。

おかげで最近は、駐車場に行かないと誰が迎えに来ているのかわからない状況だ。

真尋は仕方なく助手席に座ると眉をひそめた。久しぶりに乗る巧の車は……なにか匂いがする。

「巧くん……煙草吸い始めたの？」

「悪い。匂い残っているか？　俺じゃなくて先輩のだ」

「そう、なんだ」

巧はこの間二十歳を迎えた。

だからだろうか。

彼がどんどん大人になっていくのを感じる。

ハンドルを握る骨ばった手も、広い肩幅も、少しずつ変わる髪型も、運転中の横顔も。

高校生だった巧を知っているからこそ、あの頃の少年っぽさが消えてなくなり、大人の男の雰囲気を感じるようになった。

隣に座ると落ち着かない気分になるのは、そのせいなのだろう。

小さな車の狭い空間は、否応《いやおう》なしに互いの距離を近づけるから。

今日は煙草の匂いだったけれど、いつかここに香水の匂いが残るのかもしれない。

不意にそう思った。

巧の女性関係など、これまで気にしたことはなかった。

たとえば、今真尋が座っている助手席に、他の誰かが座ったとしても、それが恋人だったとしても。

でも煙草の匂いの代わりに、香水の匂いなんかしたらきっと、真尋はこの車に乗るのが嫌になる気がする。

そしてそう感じた自分にびっくりした。

「真尋？　どうかしたか？」

「え？　ううん、なんでも――」

今日は進路指導の話があったばかりだ。

皇華は大学部があるので、ほとんどの生徒はそのまま進学する。けれど、他大学や留学を希望する場合や、逆に進学を希望しない場合などは早めに知らせるようにと言われた。

その時に、婚約者がいる人は相手の方ともよく相談して進路を決めるように、と付け加えられたのだ。

真尋は元が一般家庭の娘なので、高校生で『婚約』なんてあるのかとびっくりしたが、皇華ではあたりまえのことだったらしい。

変な男に捕まる前にという思惑や、親の会社の関係などで、実際一部の女子生徒はすでに『婚約』をしていると知った。

実は表だって言えないが、結愛にも『婚約者』がいることを最近知ったばかりだった。

進路の話から『婚約』の言葉が出たせいで、そのあとの教室はそういった噂話で持ちきりだったのだ。

そしてそこでクラスメートに言われた。

『巧さまは、ご婚約のお話はないの？』と。

真尋は反射的に『知らないし、聞いたこともない』と答えた。

すると、彼女たちは親切っぽく真尋にいろいろ教えてくれた。

成人を迎えて、巧が会社関係のパーティーに顔を出し始めたこと。巧の相手が誰になるか周囲は興味津々であること。どこかのご令嬢が狙っているらしいことなど――

巧が会社関係の催しに参加し始めたことは知っていた。父親の手伝いと社会勉強を兼ねて大学と会社を行き来している。それもあって一人暮らしを始めたのだ。

巧の『婚約者』どころか『恋人』の有無さえ真尋は知らない。

女除《よ》けのために『義妹溺愛』を演じていた巧には、家族になってから女の気配など感じたことがない。

今は？

真尋が知らないだけで本当は、自分が今座っているこの場所に……女性が座ったりしているのだろうか？

そう思ったら、つい言葉が口から出てしまった。

「巧くんって婚約者がいたりする？」

「……いきなりだな」

「結愛には婚約者がいるんだって。クラスの子も何人かいるって言っていた。それで聞かれたの、巧くんにもいるんじゃないかって」

「ああ、皇華ならそういう話題が出てもおかしくないか。結愛ちゃんにも、いる……ね」

胸がなぜかざわざわする。

巧の恋人とか婚約者の存在を考えるだけで、今彼の隣に座っているのが落ち着かなくなった。

園部の運転する車で送迎される時は、真尋は後部座席に座る。

けれど、なぜか巧の車だといつも助手席だった。

いつから自分は、それがあたりまえだと思い始めたのだろうか？

車の中に仄《ほの》かに漂う匂いは煙草の残り香だけれど、それを吸ったのが男性とは限らないのに。

「婚約者なんかいない。会社のために婚約する必要もない。父さんを見ていればわかるだろう？　あの人は結婚を、会社を拡大するための手段なんかにはしない。俺にも強要しない」

「そっか……」

巧の言葉に、そういえばそうか、と思い直す。そうでなければ母と結婚はしないだろう。

婚約者はいない――でも恋人は？

いないわけがない。でもいない気もする。巧に女の気配はない。

年頃の義理の妹に気遣って隠しているかもしれない。そういうのは上手そうだ。

「俺に特別な相手がいるかどうか気になるか？」

「……気になるっていうか……もしいるなら、私がここに座るのってどうかな、と思ったり？」

妹だから構わないのかもしれない。でも本当の妹じゃないから、恋人は嫌がるかもしれない。

違う。

――不意に巧の手が伸びてきた。

真尋の危うい思考はそこでストップする。

真尋の髪を一房《ひとふさ》掴《つか》んで指に絡める。それは無意識の巧の癖だ。

いつのまにか車は自宅近くの道路の端で停まっていた。

なぜ、急に車を停車したのか、なぜ、真尋の髪を掴《つか》むのか、なぜ、そんな意味深な眼差しを向けるのか。

そしてどうして自分は、あたりまえに受け止めていたこの仕草に緊張しているのか。

「ここはおまえだけの席だ」

「え？」

「この車におまえ以外の女を乗せることはない。だからおまえがそんなこと気にする必要ない。俺にとって特別なのは——おまえだけだ」

どくんっと心臓が跳ねた気がした。

すぐ近くに巧の目があった。いつも飄々《ひょうひょう》として涼やかな眼差しが、今は熱を孕《はら》んで見える。

「特、別……？」

「ああ」

巧の指に絡む自分の髪。髪に感覚なんてないのに、彼が触れるそこから伝わるものがある。

「私が、妹だから？」

そう、巧が『特別』だと言うのは、自分が『妹』になったからだ。

この車に乗せるのは送迎のためだ。だから自分だけが座ることのできる席。

「妹じゃない。妹にはしない」

巧はそう言うと、真尋の髪をぎゅっと握り締める。

目を伏せて拳を唇に近づけた後、巧はおもむろに真尋の髪を手放した。

＊　＊　＊

真尋は最近自分の中に生まれはじめた感情に『名前』をつけていいのかわからなかった。

『名前』をつけてしまえば、後戻りできない気がして、『後戻り』ってなんだろうと考える。

『妹』になったから、彼の近くにいる。

『妹』になったから、名前を呼ばれて話をすることができる。

『妹』になったから、家族になったから、『特別扱い』されている。

ただそれだけのはずなのに、どうしてこんな複雑な感情が芽生えてしまったのか。

『義理の兄』だから抱いた感情？

『義理の妹』だから許される感情？

その時、スマホが震えて真尋は画面を見る。

一緒にお昼ご飯を食べていた結愛が「巧さんから？」と言った。

「え？」

「今の、巧さんからでしょう？　もしかして久しぶりのお迎え？」

「ああ、うん。そうみたい」

結愛の言う通り、メッセージは巧からで学校に迎えに来るという内容だ。けれどどうしてわかったのだろう、と首をかしげると結愛がふわりと笑った。

「わかるよ。真尋の表情が変わるもの。もしかして会うのも久しぶりなの？」

「……うん、そうかも」

結愛がにこにこ笑っている。いつもならかわいい笑みなのに、今はなんだか居心地が悪い。

結愛の言う通り、巧に会うこと自体が久しぶりだった。

会社の手伝いをし始めた時から、もしかしたらと予想はしていたけれど、巧は正式に湯浅製薬を継ぐことを表明した。

よって大学卒業後の就職先は、そのまま湯浅製薬となる。

それでますます大学と会社の研修との両立で忙しくなったようで、実家に帰ってくることも少なくなったし、家族のイベントごとも欠席するようになった。

当然お迎えも遠のいている。

真尋としては、巧がお迎えに来ると騒ぎになるのでむしろ来ないほうが望ましい。けれど実際に来なくなると、なぜか皇華内では巧が義理の妹への興味を失ったと思われるようになった。

真尋は『忙しいのであれば無理に迎えに来なくてもいい』と返事をしたのに、すぐさま『余計なことは考えるな』と返ってきた。

『会いたい』と思う気持ちと『会いたくない』と思う気持ち。

どちらを抱いても、その理由を考えると嫌な答えにたどりついてしまう。

だから巧のメッセージ通り、真尋は考えることを放棄した。

「私も会いに行こうかなあ」

結愛がぽつりと呟く。

「婚約者？」

結愛の婚約者はずっと留学していて、そのまま海外勤務となった。

中学生まで結愛は、夏休みなどの長期休みごとに婚約者の留学先に滞在していたらしい。だから彼女の英会話能力はかなり高い。今は様々な資格試験に取り組んで猛勉強している。

「うん。お仕事が忙しくなければ会いに行きたいけど、邪魔もしたくないし」

「かなり年上だっけ？」

「うん、兄の颯真《そうま》くんと同じ十歳上……」

「日本に帰ってくる予定はあるの？」

「わからない。帰ってくる気がないかもって思うことがあるの。そのうち私があきらめて婚約解消を言い出すの、待っているのかなあって」

結愛はあまり自分の婚約について話さない。公《おおやけ》にできない事情があるようで、結愛に婚約者がいることは誰も知らないようだ。

だから、こうして話すのは珍しい。

「駿《しゅん》くんは自分からは絶対婚約解消しないって言うの。私が二十歳になるまでに自由に決めていいって。年の差があるし、私が大人になるのを待ってくれているんだと思っていたけど、むしろ私からの婚約解消を望んでいるのかもしれない」

「結愛は……解消したくないの？」

「え？」

「だって、幼い頃に決められたことでしょう？　解消していいって言うのは、別の人を探すチャンスをくれるってことじゃないの？」

真尋には三歳年上の巧でさえ大人に感じてしまう。十歳も年上ならなおさら恋愛対象にもならない。

結愛はかわいい。

十歳も年上のオジサンなんか選ばずとも、年相応の相手との出会いを求めたっていいはずだ。

「真尋……私、駿くんが大好きなの。だから婚約解消なんてしないよ。解消したほうが駿くんのためかもしれなくても私はしない。婚約って鎖で縛っているのは多分私のほう……ふさわしくないことはわかっているんだけどね」

「ごめん、余計なこと言った」

最後の彼女の台詞《せりふ》で真尋は失言を悟る。

結愛の婚約者は高遠《たかとう》グループの御曹司、結愛自身も矢内家のお嬢さまのはずだった。けれど高校一年の夏……彼女は自分が矢内家の養女であることを知った。矢内家の養女として居続けるために、高遠駿が婚約してくれたことを知ったのだ。

「ううん、大丈夫。だから真尋の気持ちも少しはわかるよ……」

後半小さく呟いたあと、結愛は「真尋のお弁当の肉巻きちょうだい」なんて言って、話題を変えた。

勘のいいこの友人は、真尋自身よりきっと、いろんなものが見えているに違いない。

それをはっきりさせないでいてくれることに、真尋は心の中で感謝した。

お迎えなのだから、巧の役目は真尋を家に送り届けることだ。けれど今、真尋は巧の車の助手席から、夕闇に沈みかけている観覧車を見ていたりする。

「少しドライブに付き合え」と言って、連れてこられたのは海辺の駐車場。

だんだんと街がライトアップされて、夜景の美しいデートスポットになるに違いない。

巧は無言で変化していく景色をぼんやり見ている。

「なんだか疲れているね」

「そうだな。疲れている。だからおまえに癒《いや》されようと思って」

顎《あご》のラインが鋭くなった。疲労は滲《にじ》んでいるものの、その目には力が宿っている。

巧が急激に大人になっているようで、制服姿の自分がますます子どもっぽく思える。

「真尋」

手が伸びて巧がいつものように真尋の髪に触れようとした。

だが、なぜか咄嗟《とっさ》にその手を振り払った。

ぱちんっと軽い音がして、巧の目が大きく見開かれる。

「あのっ、えっと」

今まで平気で触らせていたくせに、今さら抵抗するなんて、意識していますと暴露しているようなものだ。

だって今日の巧はスーツ姿なのだ。

わずかに緩んでいるもののネクタイをして、上着を着て、そして嗅いだことのない男っぽい匂いがして、久しぶりに会うせいで知らない人みたいに見えて。

巧は目元を緩めるとふわりと笑みを浮かべる。皮肉な笑みではなく素の優しいほほ笑み。

「少しは情緒が育ったか？」

からかうような口調。

情緒ってなんだ？　と一瞬意味がわからなくて真尋は混乱する。

「意識してほしいとは思っていたが、いざ意識されると……まずいな」

「なに、言って」

「いい。今はわからなくて、まだ気づかなくていい。父さんからはおまえが二十歳になるまでは手を出すなって厳命されている。だからわからないままでいろ」

巧の言っていることがわからなかった。いや、言葉の内容はわかる。でもわかりたくない。

父さんって言って、二十歳って言って、手を出すなって――それはまるで。

「父さんには俺の意志は伝えた。いろいろ条件を出されたけれど、それをクリアすればいいって許可も得ている。おまえが二十歳になるまでは家族でいろ、妹として扱えってさ」

巧には以前から『特別』なのだと言われ続けてきた。

自惚《うぬぼ》れでもなんでもなく、真尋はきっとこの世の中で一番巧に近い女の子だ。

心臓がどきどきしている。くやしいくらい巧のあやふやな言動に翻弄《ほんろう》されている。

反射的に首を左右に振ったのは、わかりたくないというささやかな抵抗。

「妹として扱う。でもおまえは妹じゃない」

「巧、く……ん」

「わかっている。おまえが戸惑っているのは——でも俺にとっておまえは最初から妹じゃない」

義理の兄になる前から巧を知っていた。友人の片想いの相手としてずっと巧を見てきた。

だから不意に見せる彼の優しい部分も知っている。

ぎゃあぎゃあ泣いていた迷子の子どもの世話をしたり、階段で立ち往生《おうじょう》していたベビーカーを持ち上げるのを手伝ったり、女の子たちが勝手にトラブっていれば、声をかけて空気を変えたりしていた。

いい奴なんだ、と思っていた。だから友人の片想いを応援していた。

真尋にとっても最初から、巧は兄じゃない。

「妹なんかにはしない」

熱を孕《はら》んだ眼差しのその奥にあるものは、真尋の心を揺り動かすのには十分で、そしてそこから視線をそらすことができない。
やるせない表情で口元を歪《ゆが》ませると、巧は再度真尋の髪に手を伸ばした。
真尋も今度は拒まなかった。
大事そうに包み込むと、巧はそこにキスを落とす。
息の仕方も忘れそうなほど苦しい感情があることを、真尋はその時初めて知った。

＊＊＊

『二十歳まで』
それは偶然にも、結愛も口にしていた言葉だ。
巧も真尋に『二十歳まで』だと言い聞かせる。
高等部卒業後、真尋は皇華の大学部の看護科に進学した。
結愛は何度勧めても進学を選ばず、婚約者の実家で花嫁修業をする道を選んだ。
巧は大学卒業後、予定通り湯浅製薬に入社した。
身分も、いずれ後継者になることも隠さずに。
巧との距離は変わらなかった。
家族としてふるまいながら、妹として扱いながら、二人きりになると『妹じゃない』

と念を押す。大学入学と同時に髪をばっさり切った時、ものすごく睨《にら》まれ『二十歳になったら覚えていろ』と捨て台詞《ぜりふ》を吐かれた。

年を重ねるごとに、真尋の中に降り積もる感情がある。

雪のように溶けてなくなってしまえばいいのに、それは厚みを増していくばかりだ。

巧と二人きりの時間は、息苦しくてたまらないのに、彼が与える熱の中に身を委《ゆだ》ねたくなる。

見つめてくる眼差しから目をそらせない。

一定の距離を保ちながらも触れてくる手を拒めない。

従いたくもない彼の言葉を無視できない。

『余計なことを考えるな』と言われるたびに、彼の命令通り考えることを放棄した。

『二十歳まで』と彼が与えてくれた猶予《ゆうよ》の中で、自分自身の答えを何度も見つめ返した。

迷い、悩み、惑い、苦しみ――それでもなぜか未来を信じずにはいられなかった。

けれど同時に、現実が見えてくる。

知りたくもないのに、気づいてしまう。

真尋が二十歳になるまであと少しという時に、異例ともいえる巧の海外赴任が決まった。

「真尋……おまえとの約束を果たすのは二年延期になった。でも必ず結果を残して帰ってくる」

くやしげに呟く巧に、真尋はなにも答えられなかった。

一人、見送りに行った空港で『余計なことを考えずに俺の帰りを待っていろ』、そう命じられて初めて彼の唇が真尋の唇に触れた時――深く自覚した。

巧の心と自分の本音に。

誤魔化しようもないほど、否定できないほど、彼に溺れていることを。

第二章　赤の他人

真尋が勤めているのは、西園寺《さいおんじ》グループ系列の総合病院だ。西園寺グループは病院や老人ホーム、幼稚園や保育園などをはじめ様々な施設を運営している。

そこを選んだのは、看護実習でお世話になったこと、世間では縮小傾向にある小児科の入院病棟があり、重症患者も受け入れていること、そして母の弟である叔父が小児科部長をしていることからだ。

叔父に押し切られた部分もあるが、本音を言えば、湯浅系列の病院でなければどこでもよかった。

「椎名さん！」

先輩看護師に呼ばれて、真尋は返事をした。

指示されたことをメモする。

今はまだ覚えなければならないことが多くて、毎日がいっぱいいっぱいだ。

患者さんと向き合う看護などする余裕もない。

あの日、帰国早々真尋の住むマンションに突撃してきた巧は、直後に会社から緊急の電話が入って、ものすごく不快そうに、仕方なさそうに会社に向かった。新しいスマホの連絡先は押し問答の末、教える羽目になった。

その後はトラブル対応に追われているらしく、巧には会わずに済んでいる。

スマホにメッセージは入るけれど、適当な頻度で返事をするにとどめている。

向こうも真尋が新社会人になって慌ただしい日々を送っていることは理解してくれているようだ。

――問題を先送りにしているだけで、なんの解決にもなっていないのはわかっている。

むしろどう解決していいかわからない。

真尋にできることは、巧との関わりを減らしていくことだけだ。

今までは義理の妹だったから、彼の相手もしてきた。でも赤の他人になった今、応《こた》える必要はない。

『やっと落ち着いた。今夜おまえのところへ行く』

そんなメッセージがスマホに入っても、真尋は『今夜は準夜勤なので無理です』とだけ返事を送った。


真尋が配属されたのは、第一希望でもあった小児科病棟だ。

それには、叔父が小児科医だったことや、小学生の頃学校帰りに母が勤務する病院に寄るうちに、小児科病棟でボランティアをし始めた経験が関係している。

小児科病棟では、どうしても入院生活が長引いてしまう。

少しでも患者たちの気分転換になればと週末に大学生のボランティアサークルの人たちが活動していて、そのうち小学校高学年だった真尋もそのイベントの手伝いをするようになった。

小学生の頃はあまり理解できていなかったのだと思う。

病気で入院していても、なんら自分たちと変わりのない同年代の子どもたち。

車椅子に乗っていたり、帽子をかぶっていたり、酸素吸入をしている子もいたけれど、ありのままのその姿をすんなり受け入れていた。

顔見知りの子が増えて、仲良くなって、退院したら一緒にでかけようね、なんて気軽に約束して――それが叶わなかった時に初めて現実を思い知った。

——真尋が中学生になってすぐのことだった。

人の命の危うさと、彼らの置かれている過酷な現実を実感した時、真尋はボランティア活動を続けられなくなった。

中学生になって忙しくなったからと、言い訳をして逃げ出したのだ。

ようやく向き合えるようになったのは、大学生になって看護実習に行く機会ができてからだ。

あの頃子どもだったとはいえ、自分は残酷な言動をしていたのではないか。

病気の彼らへの関わり方は適切だったのだろうか。

そして、そんな自分が看護師を目指してもいいのか。

母には相談できなかった。

真尋がボランティア活動することを反対はしていなかったものの、どことなく戸惑っていた様子だったのを思い出したからだ。

母と同じ看護師を目指して、大学では看護科を選んだけれど、真尋はこのままその道を進んでいいのかわからなかった。

そんな時、叔父が相談にのってくれた。

それからようやく覚悟ができ、こうして過去の自分と向き合うためにも小児科病棟を希望したのだ。

看護師として本格的に病院に勤務するようになって、真尋はいろんなものが見えるようになった。

患者である子ども自身、そしてそれを見守る保護者、関わる医療スタッフのそれぞれの視点が見えて、真尋は看護の難しさを日々実感している。

そして不規則な勤務体系に体を慣らすのも大変だった。

この病院は三交代勤務となっている。

日勤の翌日が深夜勤、そして準夜勤を終えたら休日になる。シフトによって三連続や四連続勤務の時もあり、月ごとにまちまちだ。

当然、休日だって一般企業とは異なる。

生活リズムを調整しながら、日々仕事に追われ、目の前のことをこなすので精いっぱいだ。

深夜勤務者への申し送り後、真尋は先輩看護師に声をかけられた。

「ねえ、椎名さん明日は休みだよね？」

「はい」

今回のシフトはめずらしく休みが土日と重なっている。

「夜は時間空いている？」

「……どうしてですか？」

一瞬、巧の顔が浮かんだが、すぐにかき消した。真尋の返事に巧は『わかった』とだけ送ってきた。あの男は昔から真尋の予定を詳しく尋ねたりはしなかった。

それは彼自身の予定が変更になりやすすくて確約しづらいことや、事前の約束はいつも真尋が理由をつけて断っていたせいもある。

（土日だからって……うちに来るとは限らない。でも、予定を入れておいたほうが安全かも）

できればゆっくり部屋で休みたい。

でも巧がいきなり突撃してくる可能性は否定できない。

なにせ再会したあの夜から、一度も会っていないのだから。

先輩看護師からの提案に、真尋は表情を曇らせながらも、保険をかけるつもりで承諾することにした。

＊　＊　＊

高校時代は『皇華』という小さな世界で過ごし、二十歳までは湯浅令嬢としてふさわしくあろうと、お稽古《けいこ》ごとに精を出していた時期もあった。

それはまだ巧が近くにいて、真尋を妹として扱いながらも、ことあるごとに未来を示《し》唆《さ》していたから。

そして真尋自身……巧の言動に流されるように、少しずつ少しずつ気持ちが変化していっていたから。

悩み惑いつつも、どこか期待していたのだと思う。

彼は基本的に自分のやりたいようにやってしまう。

有言実行タイプだ。

『余計なことは考えるな』という言葉に従い、真尋は余計なことを考えずにいた。

そして離れ離れになる間際のあのキスで深く想いを自覚して、だから彼の言う通りおとなしく待っているつもりだった。

彼の言うまま、望むまま、二十歳になったら二人の関係は変化して、また違った形で続いていくのだとおぼろげながら思っていた。

けれど、巧が海外に行っている間に真尋が『二十歳』を迎えると、待ち構えていたのは巧を取り巻く世界の現実だった。

巧という防波堤《ぼうはてい》をなくしてから、真尋は周囲から様々なことを教えられ、いろいろなことを知った。

巧がどれだけ心を砕いて自分を守ってくれていたか、そのために彼がなにを犠牲にしてきたのか、これから先の未来に『義理の妹』の存在が足枷《あしかせ》になる可能性も――

巧のいない時間で、真尋は将来看護師としてやっていけるかどうか悩みつつ、同時に巧との関係をどうすべきか考え、自分の心に向き合ってきた。

そして大学卒業と同時に、なんとか自分なりに答えを出した。

それが養子縁組解消と一人暮らしだ。

赤の他人になったのは、これ以上、巧とも湯浅家とも関わらないため。

これ以上、巧の人生を犠牲にさせないため。

だから揺らいじゃいけない、と真尋は自分に言い聞かせる。

それでも「乾杯」という声とともに始まった会で、真尋は肩身の狭い思いをしていた。

昨夜の勤務交代時に先輩看護師に聞かされたのは『土曜日の夜、院内交流会があるんだけど、どう?』というものだった。

欠席者が出てしまい、必死で勤務が休みの子を探していると言われ、いつもなら興味がないと断るのに、巧のことが気になって応じてしまった。

『他科のスタッフとの交流会』と聞いて看護師同士のものだと思い込んだのは、真尋が世間知らずすぎたからかもしれない。

女性の看護師は同じ小児科病棟勤務者だったけれど、『他科のスタッフ』はすべて男性だったのだ。

男性陣は医師や看護師をはじめ、放射線技師やら理学療法士などもいて、中には今年配属されたばかりの新人もいるという。

白衣マジックの効果がなくても、彼らの見た目は悪くない。

先輩看護師の人脈の広さと行動力には感心する。

真尋は女子校、女子大と女ばかりの世界で過ごしてきたものの、男性への免疫《めんえき》がゼロなわけではない。

大学時代にも一度こうして騙《だま》されて、合コンに参加させられたことがあったし、看護実習の打ち上げを女の子同士でやっていれば、声をかけられることもあった。

巧が海外赴任してからは、特定の誰かと付き合ってみるのもいいかもしれないと、紹介に応じて会ったこともある。

「真尋ちゃん……だっけ？　呑んでいる？　あれ、もしかしてウーロン茶？」

いきなり下の名前を呼ばれて話しかけられて、真尋は「はい」とだけ答える。

お酒を呑めないわけではない。でも、外では呑めないふりをする。それは叔父の教えだ。

「おーい。言っておくけどその子、椎名先生の姪御《めいご》さんだからな」

「え？　椎名先生？」

叔父のいる病院を選んで正解だったと思うのはこういう時だ。

叔父は小児外科医として優秀らしく、病院内での評判も上々なのだ。

看護師の中には「身内だからひいきされている」みたいな視線を向けてくる人もいる

が、ある意味そういう視線には慣れて鈍感になった。

『湯浅巧の義理の妹』よりも『椎名先生の姪』のほうが、まだましだと思うぐらいだ。

叔父は叔父で、真尋がかわいい姪であることを公言して憚《はばか》らないので、病院内に限っていえば強固な防波堤《ぼうはてい》となっている。

「椎名先生がうしろにいると思って、対応するように」

誰がどの職種かすでにわからないけれど、そう言ってくれるのは叔父と同じ医師なのかもしれない。真尋はお礼の意味も込めて軽く頭を下げると、男性はふわりと優しい笑みを浮かべた。

隣の先輩看護師が黄色いため息をついたので、おそらくイケメンなのだろう。

(気遣いができるイケメンドクター……先輩たちがいつもと違うのもわかる気がする)

今日の先輩たちといえば、メイクはもちろん服装にも気合が入っている。白衣姿との印象が違いすぎて、最初に見た時、誰が誰だかわからなかったぐらいだ。

それから「椎名先生っていえば……」と叔父の話題に変わって、そのうちやはり仕事の話になっていく。

交流会らしい内容の話を聞きながら、真尋はこっそり男性陣を見比べた。

真尋にとって身近な男性は、叔父や義父、そして巧だ。

叔父も一見、医師には見えないぐらいすらりとしたイケメンだし、義父は製薬会社社長。

極めつけは御曹司である巧だ。

その弊害か、真尋の「イケメンセンサー」は壊れている。

「あの人かっこいい」と聞いても首をかしげてしまう。

どんな男性と会っても、なぜか巧と比べてしまう。

最初に最高級の料理を食べたら、それ以外がかすんでしまうのと同じ原理だ。

巧が日本にいなかった間、誰かに恋をしようと思えばできた。

実際に告白されたことだってある。

でも結局、真尋は今まで誰とも付き合ったことがない。

この中の誰かと、と想像しながら見回しても興味を持てそうになかった。

(巧くんのせいだ……ハイスペックすぎる義理の兄ってやっぱり厄介《やっかい》だった)

素直に彼の言うことを聞いたつもりはなかったのに『俺の帰りを待っていろ』の呪縛《じゅばく》から逃《のが》れられずに今日まできてしまった。

周囲の人たちの飲酒のペースはだんだん速まっていて、かしこまっていた先輩看護師たちは少しずつ肉食女子の姿を露《あら》わにし始めている。

真尋は会話を聞いて相槌《あいづち》だけはうちつつも、食べることに専念した。

「椎名真尋ちゃん」

フルネームで呼ばれて、真尋は隣に腰かけた男を見た。

さきほど牽制《けんせい》してくれた男性医師だ。

「僕は立花明樹《たちばなはるき》。今は外科で研修中。ちなみに湯浅巧とは中学からの同級生だ」

真尋は手にしていたお箸を落としかけて、慌てて握り締めた。

まさかこんなところで巧の名前を聞くとは、ましてや彼の同級生に会うなど思ってもみなかった。確かに彼の母校は優秀な学校だったので、医学部進学者の数も多かったようだけれど。

「名字が違うから人違いかと思ったけど、その反応……やっぱり巧の妹だったんだね」

幸い周囲は騒いでいるし、彼は声を抑えてくれている。

ずっと隠し通せると思ってはいなかったが、こんな早々に知り合いに遭遇するなんて幸先《さいさき》がよくなさそうだ。

しかし、これまで真尋は巧の同級生と顔を合わせたことなどなかった。自宅に友人を連れてくることは稀《まれ》だったし、なにより妹だと紹介するような状況もなかったからだ。

「あ、の、お会いしたことありましたか?」

「いや、あいつが絶対会わせようとしなかったから今夜が初めてだね。でも、巧が溺愛している義理の妹の存在は僕たちの間では有名だったし、こっそり写真も出回っていた」

写真が出回っていたと聞いて、少し不快な気分になる。

真尋の表情に気づいたのか、彼はすぐさま「ああ、巧にすでに削除されているから安心して」とつけ加えた。

「ところで今夜のこと、あいつは知っているの？」

そう問われて曖昧《あいまい》にほほ笑む。

むしろそんなことあなたに関係ないと思いますけど、と思った。

真尋はもう子どもじゃない。立派な社会人、同じ病院に勤務する職員だ。

それにプライベートなことを巧に教える必要もない。

彼は真尋を見てため息をつくと、なぜかおもむろにスマホを取り出した。なにやらメッセージを打っていく。

「あいつ日本に帰ってきたんだよね？　この間、帰国祝いでもしようって話題になっていたから」

男子校ならではの絆の強さなのだろうか。巧の帰国を知っていることも、それでわざわざ集まろうとするのも驚きだ。

真尋はなんと答えていいかわからなくてウーロン茶を口にした。

「どうして名字が違うのか聞いていい？」

初対面なのにここまで踏み込んでくるなんて図々しいと、真尋は睨《にら》むつもりで立花を見た。

けれど彼の眼差しが想像と違っていて、この男がただの興味本位で聞いているわけではないのだと悟った。

「以前の名字を名乗っているだけです……」

「巧の妹だって知られないため？」

無言を貫くことで、答えを濁した。真実なんて正直に言う必要はない。仕事をするうえで暫定的《ざんていてき》に名乗っているとでも思ってくれればいい。

「気持ちはわからないでもないけど……それってあまり効果はない気がするけど」

立花の呟きの意味が、真尋にはわからなかった。効果があるとかないとか、そんなことはもはや関係ないのだ。

ただ単に、籍をはずしただけ。赤の他人になっただけ。ただそれだけだ。

「立花先生」

語尾にハートマークでもつけそうな勢いで、先輩看護師が立花の隣に座る。真尋はほっとしたけれど、結局彼は最後まで真尋の横から去ることはなかった。

＊　＊　＊

『院内交流会におまえの姫が来ているぞ。いいのか？』

久しぶりの友人からのメッセージの内容がそれで、巧は一瞬その意味が理解できなかった。

帰国早々、連日トラブルの後処理に追われて、睡眠時間もあまり確保できなかった。一段落して真尋に連絡をすれば、仕事だとすげなく断られた。

ようやく得た土曜の休みに、散らかっていた部屋を簡単に片づけて、やっぱり仕事をして、それからぼんやりソファで微睡《まどろ》んでいたところにきたのがそのメッセージだ。

巧は軽く頭を振ると、すぐさま友人に現在地と交流会の終了予定時刻を聞いた。向こうからはご丁寧にも『おまえが来るまでは僕が見張っておくよ』と来る。余計なお世話だと思わなくもなかったけれど『頼む』とだけ返した。

昨夜真尋から『今夜は準夜勤だから無理』と断られた時に、だったら翌日は休みなはずだとは思った。

事前に連絡を入れればまた逃げられる可能性が高いから、落ち着いたら今日こそマンションに向かおうと考えていたのに、そのまま時間が経ってしまったようだ。

数日ぶりに帰宅して休んだせいで、溜まっていた疲労が余計に全身に回って、だるさが体内にくすぶっている。

ソファから体を起こした途端、巧は軽くめまいを覚えた。

時間を確かめて、シャワーを浴びてすっきりさせれば車を運転できるだろうか、無理だったらタクシーを使うか、と考える。

看護師をしている真尋との休みが重なることなど稀《まれ》だろう。

体が本調子でなくても、この機会を逃《のが》せば、また時間だけがむやみに過ぎてしまう。

海外赴任をしてからも、年に数回の帰国時には実家に帰れば会えていた。家族への連絡時には、スマホ越しにインターネット電話で顔を見ることもできた。

この一年は仕事の忙しさから帰国もできず、また彼女も大学の実習や試験などを控えていて、メッセージのやりとりぐらいしかできなかった。

それでも、帰国して家に戻れば居るはずだったのだ。気軽に会えるはずだったのだ。

それなのに、帰国するなり知らされたのは、彼女が家を出たことと、籍を抜いたことだった。

おかげでなんの策略を練る余裕もなく、動揺したまま会いに行った。

一年ぶりに直接顔を会わせた彼女は、薄く化粧をしていて、大学生の頃にはまだ残っていた幼さの欠片《かけら》さえなく、社会人の一人の女性になっていた。

そのうえ飄々《ひょうひょう》と『赤の他人だよ』と言ってのけたのだ。

そう言われた瞬間、頭を鈍器で殴られた気分だった。

よりによって真尋の口から出るとは思わなかった言葉。

確かに自分たちには血の繋がりはないし、関係を変えるためには、一度赤の他人に戻る必要はあっただろう。

けれど――

（一瞬だって、椎名なんて名乗らせる気はなかった‼）

養子縁組の解消は必要だ。

けれど『椎名』なんて名乗らせる暇もなく、すぐさままた『湯浅真尋』に戻すつもりだった。

再婚が決まって顔を合わせた時から予感はあった。

養子縁組までする必要があるのか、姓の変更だけではだめなのかと父に尋ねた時点で、義理とはいえ兄妹になることに抗《あらが》いたかったのだと思う。

彼女たちを守るためには必要だと諭され、渋々受け入れて、一緒に暮らしていけば妹として見られるかもしれないと考えたこともある。

妹として扱い、家族として接し、そうすることで真尋の警戒心を解いて信頼を得ていけば、こんな感情は一時的なものだったかと笑い話にできるかもしれないと――そんな無駄な努力もしてみた。

けれど自分が二十歳になる頃には、もう無理だと自覚した。

どうしても真尋を妹として見ることはできない。

この感情は、勘違いでもまやかしでもなく、どれだけ強く否定しようとしても消すことができないものなのだと。

紛れもなく真尋を、一人の女性として見ていると自身で認めた時、ある意味巧は楽になった。

父にはすぐに話をした。

彼は困った表情をして、巧の覚悟がどれぐらいのものか確かめたいと条件を出してきた。

ひとつは、真尋が二十歳になるまでは絶対に手を出さないこと。

そして、世間から彼女を守るためにも、湯浅製薬を継ぐと宣言することで力を手に入れること。

「おまえに継ぐ気がなかったことはわかっている。僕も継ぐ必要はないと思っていた。でも、真尋ちゃんが欲しいなら……力を手にしたほうがいい」

父の言葉の意味は理解できた。

過去、父は後継者争いから身を引くことで家族を守ろうとした。けれど結局それでは解決できず、むしろなんの力もなかったせいで母が犠牲になったのだ。

父は湯浅製薬の社長でありながら、会社をどこか一歩引いて見ながら操っていた。発展も後退もなくただ現状維持に甘んじていた。

父と同じように巧もまた、母を犠牲にした会社に興味などなかった。

会社を欲しがっている父の姉である伯母にでも、その婿にでも、もしくは彼らの子どもにでもくれてやればいいとさえ思っていた。

けれど父は千遥に出会ってから少しずつ変わって、会社は業績を上げ始めている。

「真尋が欲しいなら、継ぎたくもない会社を継げと?」

「真尋ちゃんを守るためには、それが一番簡単だ。でも嫌なら継がなくていい。けれどなんの力もない若造に大事な娘はやらないけどね」

冗談めかした口調なのに、父の目は笑っていなかった。

悩んだのは一瞬だ。

会社なんかいらない。でも真尋は欲しい。彼女を守りたい。

だから湯浅製薬を継ぐと表明した。

そして真尋が二十歳になったら彼女を手に入れるつもりだったのに『力を得るためには実績が必要だ』と外野に唆《そそのか》されて、延期を余儀なくされた。

実績を積むために渋々海外赴任を受け入れ、そこで大きな契約も取って、業務拡大のための足掛かりをつくってきた。

帰ってきたら今度こそ自分のものにするはずだったのに。

まさか、その間に真尋が逃げ出すなど思ってもみなかったのだ。

(皇華にいる間は大丈夫だと思っていたのに、油断したか?)

ほんの少し離れるぐらいなら大丈夫だと思いたかった。たとえその間に、真尋の心が別の誰かに揺らいだとしても取り戻すのだと決めていた。

（逃げるのは許さない――真尋！）

巧はソファから立ち上がると、禊《みそぎ》でもするかのようにシャワーを浴びに向かった。

＊＊＊

交流会という名の合コンだと気づいた時にはどうなることかと思ったが、病院関係者ということもあって妙な空気にならずに済んだようだ。参加者たちの仕事の話は参考になることも多く、交流会の目的も果たせたのかもしれない。

二次会にも誘われたが、真尋は疲れているのでとやんわりと断り、店の前で解散となった。

時間を確かめて、電車で帰るかタクシーを使うか考える。

大学生までは、二十一時を過ぎる時は車を使うように言われていた。園部がいれば迎えに来てくれたし、タクシーを使うこともあった。そのせいでこの時間帯に電車を使って帰るのに抵抗がある。

しかしタクシーを使うのも、今の真尋には少し贅沢《ぜいたく》だった。

「椎名さん、待って」

立花に声をかけられて真尋は振り返った。

彼はこれからまた病院に戻ると言っていたから、とっくにいなくなったと思っていた。

「なにか？」

「いや、そろそろだと思うから——ちょっと待っていてくれる？」

意味がわからなくて首をかしげる。

立花は大通りのほうを見ては「まだかよ」と呟いて舌打ちした。そして少し考え込んだあと、真尋に小さなカードを差し出した。

「これ、僕の名刺。個人的な連絡先も書いている。なにかあったら連絡して」

真尋は立花と、その名刺とを見比べた。

なぜ、彼から名刺をもらう必要があるのだろうか。個人的な連絡先など必要ない。

こういう場合、どう断れば角が立たないのだろうか。真尋は自分の社交スキル不足を痛感する。

「君には必要ないことも、多分捨てられるか破られるだろうこともわかっている。でも念のため……ええと、クレームも受けつけるから」

やはり立花はわけのわからないことを言うと、名刺を無理やり真尋のバッグの中に放り込んだ。

「あ、やっときやがった」

誰かを待っていたのか、立花が大きく手を振る。何気なくその方向を見て、真尋はぴしっと固まった。

タクシーから降りてきたのは巧だ。

シャツとパンツのカジュアルな姿なのに、ぱっと人目をひく。気怠そうに歩いてくると無言のまま真尋の腕を掴《つか》んだ。

「巧くん！　なんで？」

「借りはいつか返す」

「ああ、えーと巧、久しぶり……挨拶《あいさつ》もなしに言うことがそれ？」

「タクシーを待たせるわけにはいかない。帰るぞ、真尋」

真尋は反射的に立花を睨《にら》んだ。どう考えても、この男が余計なことをしたに違いない。

（なんで、なんで！）

ああ、クレームは受けつけるって、そういう意味！

「巧！　今度話を聞かせろよ！」

「暇があれば」

巧によって真尋はタクシーの中に押し込まれた。

なにか文句の一つでも言ってやろうと巧を睨《にら》む。けれど後部座席に座った巧が苦しげな息を吐き出して目を閉じるのを見て、様子がおかしいことに気づいた。

「巧くん？」

「悪い……着いたら教えて」

車内では暗くてわからなかったが、街灯の光が差し込んだ時に見た巧の顔色は青褪《あおざ》めて見えた。浅く短い呼吸を繰り返す姿からも体調の悪さを思わせる。

立花から情報を得て迎えに来たのだろうけれど、自分の車ではなくタクシーを使ったのは、運転する元気さえないからだろうか。

真尋が到着を教える隙もなく、タクシーが停まると巧は目を開けた。支払いを済ませてタクシーを降りた途端ふらつく様子に、慌てて腕を支えた。

「巧くん、体調悪いんでしょう？　大丈夫？」

「大丈夫だ。とにかくおまえの部屋に――」

本当なら巧にはできるだけ会いたくなかった。関わりたくなかった。こんな状況でなければタクシーに素直に乗ったり、部屋に入れたりはしなかっただろう。

でも、こんな様子の巧を追い返せない。

足取りは思ったよりもしっかりしていたのに、部屋に到着するなり、巧は倒れこむようにソファに体を横たえた。

窮屈《きゅうくつ》そうな様子に、もう少し大きなソファを買えばよかったかも、と一瞬思う。

「巧くん！　どこが悪いの？　熱とかある？」

「熱はない。ちょっと疲れが溜まって……だるいだけ」

真尋はためらいつつも巧のそばに寄って膝をついて顔を見た。

青白い顔で無理に笑おうとする巧に、胸が苦しくなる。こんな状態で、昔のように迎えに来る必要なんかないのに。

――同じ皇華とはいえ、大学生ともなるとやはり高校時代より行動範囲が広がった。バイトは禁止されていたけれど、結愛の婚約者である高遠家で開催されるサロンに通うことは許された。送迎は必須ではなくなったのに、よほどのことがない限り園部が送迎してくれた。

そして門限はあったものの夜の食事会ぐらいは行けるようになって、そういう時は大抵巧が迎えに来た。

だから日本に戻ってきた途端、巧はそれが自分の役目だとばかりに迎えに来たに違いない。

こうして横になるほど体調が悪く、自分で運転するのを断念するほどなのに。

(いつまでたっても過保護なお兄ちゃん――)

「体調悪いのに迎えに来る必要はなかったんだよ。もう成人して社会人になったんだから、心配する必要ない」

「ばーか。大人になったから余計に心配するんだろうが。日本にいない間なにもできなかったんだ。帰ってきたんだから俺ができることはする」

額《ひたい》に浮かんでいた汗が、こめかみに落ちていく。真尋は慌ててハンカチを取り出して拭うと、ついでに額《ひたい》に手をあてる。

彼の言う通り熱はない。汗は冷や汗なのだろう。

もしかしたらこれから熱が出るのかもしれないけれど。

「おまえのせいだぞ」

巧は汗で湿った前髪をかきあげた。はあっと息を吐き出す。

横になったからか、荒かった呼吸が少し落ち着いている。

なんとなく巧の言葉の意味がわかった。

日本に帰ってきた途端、真尋が家を出て養子縁組まで解消したことを知って、慌ててここにきた。

それから仕事のトラブルに見舞われて、連日忙しそうだった。

一方的に送られてくるメッセージは『疲れた』とか『きつい』とかそんなものばかりだったから。

「日本に帰ってきさえすれば、おまえがいると思っていた。仕事がどんなに忙しくったって、家に戻ればおまえに会える。そのつもりだったんだ。なのにおまえはいない。おまえのいない家になんか帰る気も失せる。まともな食事はとれないし食欲もない。疲れているのに眠れない。でも仕事は容赦《ようしゃ》なく増える。気が張っている間は大丈夫だったのに――」

「家に……帰ってないの？」

仕事が忙しければ実家に帰ったほうが楽なはずだ。巧の部屋はいつ帰ってきてもいいように整えられているし、お手伝いさんだっている。確かに会社に近いのはマンションのほうだろうけれど、園部の運転で通ったほうが楽な時もあったはずだ。

「おまえがいないのに？　いないのを実感させられるあの場所に帰りたいわけがない」

「巧くん……」

仕事が忙しくなると、いつも呼び出されていたことを思い出す。

疲れている時こそ休めばいいのに、なぜかそういう時に限って会いにきて、真尋を散々ふり回した。それが彼なりの甘えとストレス発散と癒《いや》しを兼ねていると気づくのに、そう時間はかからなかった。

「おまえが二十歳になったら、はっきりさせるつもりだった。なのに海外赴任のせいで延期になって――だから、帰ってきたら今度こそきちんとするつもりで準備してきた。こんな形で逃げ出されるとは思わなかった」

相変わらず、曖昧《あいまい》で思わせぶりな言い方。

逃げ出したのだろうか。

巧が向けてくる気持ちから目をそらしてきたけれど、実際こうして行動にも起こしたけれど、逃げ出すことに成功しているとは思えない。

それでも、苦しそうにしながらも真尋を睨《にら》んで言葉を放った巧から、顔をそむけてしまう。

「巧くん、お水持ってくる」

立ち上がりかけた腕を巧が掴《つか》んだ。

「いらない。逃げるな、真尋」

どこにそんな力があるのか、巧は上体を起こすと真尋の腕をひいて、そして抱きしめる。

言葉通り、逃がさないと言いたげに背中に回された腕に力が込められる。

離れていた間、巧は必要以上に真尋には近づかなかった。だからこの間帰ってきた時に抱きしめられてびっくりした。

肩の広さにも、腕の力強さにも、男っぽさにも。

知っているのに知らない人みたいで、巧は会うたびにいつも真尋を緊張させる。

「最初で最後だから――弱音を吐かせてくれ」

腕をふりほどこうとしたのに、思ってもみない台詞《せりふ》を吐かれて、真尋は動きを止めた。

いつも自信満々で、傍若無人《ぼうじゃくぶじん》で、俺様で、弱音なんて見せるどころか、そもそもなさそうな男から出てきた台詞《せりふ》だとは思えなかったから。

むしろ、真尋にだけはそういう部分を絶対に見せないようにしていたところがあったのに。

「家族になろうと思った。妹として扱おうと思った。一緒に暮らせば……そのうち兄らしくなって、こんな感情消えると思った」

真尋は大きく目を見開いた。

目の前に見えるのは、自分で選んだ小さなお城である自室。

赤いチェックの布巾《ふきん》がかかったカウンターキッチンに、二人掛けの小さなテーブル。

そこには見慣れた部屋があるはずなのに、真尋の頭には顔合わせをした日の巧の姿が浮かんでくる。

はじめましてと挨拶《あいさつ》をして、自分の名前を告げて軽く頭を下げた。

巧はほんの少しむっとして同じように名前を言った。

『湯浅巧だ。椎名……真尋か』

知っている。あなたのことなんか嫌になるほど知っている。

彼に片想いをしていた友達のせいで、一緒にあなたの姿をずっと見てきたから。

片想いをしていた友人は、真尋が巧と義理の兄妹になることをおそるおそる伝えると、なぜか喜んだ。最初は『妹のお友達ポジションから近づけるー』なんて騒いでいたのに、真尋が通うはずだった公立高校に進学して、冬休み直前には彼氏ができていた。

『憧《あこが》れと好きが混じっていたのかな』なんて言いながら『巧さまは妹溺愛らしいね』なんてからかってきた。

『巧さまのことは、真尋に任せたからね！』なんて一方的に言って、余計なことを教えてくれた。

『真尋は知らないだろうけど、巧さま高校時代はそれなりに遊んでいたんだよ。でも大学に入った途端そんな噂なくなって、一切誰も近づけなくなったんだって。普通はさ、大学に入ったら余計に羽目をはずしそうでしょう？　でも、今はできたばかりの妹に夢中で他の女はどうでもいいって噂になっているんだよ。ううん、大学に入ってからじゃない。真尋が妹になってから、巧さまは全部と手を切った。今の巧さまにとって特別な女の子は真尋だけ』

――それは妹になったから、家族になったから、あの頃はそう言い訳した。

「中学を卒業したばかりの女に、こんな感情を抱くのはおかしい。三歳も下なんだからまだ子どもだ。ただの気の迷いだ。おまえは妹だ。そう思い込もうとした」

そう、口ではなんだかんだ言うくせに、妹扱いしてくれたと思う。特別扱いしてくれたと思う。

一緒に暮らした一年間は、家族っぽくて照れ臭かったけど嬉しくて幸せだった。

「義理の関係になったんだ。リスクはゼロじゃない。大事だと思うならむしろ――手離せ。何度も何度も自分にそう言い聞かせたんだ！」

耳元にかかる熱い吐息とともに、巧の激しい感情が流れ込んでくる。

巧の手がそっと真尋の髪に触れる。短い髪を優しく撫《な》でる。

短くなった髪。伸ばせなくなった髪。

それは彼に触れられるのに戸惑いを覚え始めたから。

同時に期待も抱き始めた自分が、苦しくてたまらなかった。

だって巧は平気そうに見えたから。

気まぐれに甘い言葉を吐いて、未来を夢見させて、簡単に触れてきた。

こちらは『妹』だからだと自分に言い聞かせるのに必死だったのに。

彼も戸惑っていたのだと、葛藤《かっとう》していたのだと、苦しんでいたのだと、決して安易に気持ちを吐露《とろ》していたわけではなかったのだと、今初めて知る。

胸がぎゅっと締め付けられる。息をするのも苦しいほど、過去の自分たちのやりとりを思い出してしまう。

「だから最後の弱音だ」

真尋の耳元で、強く短くはっきりと巧は告げた。

「ごめん、真尋。家族として妹として見てやれなくてごめん。おまえにリスクを抱えさせてごめん。悩ませることも苦しめることもわかっている。おまえが戸惑うのも逃げたいのもわかるんだ」

心の奥底から絞り出したような声音に、真尋は泣きたくてたまらなくなった。

だったら逃がしてよ、と思う。

今からでも妹として見てよ、と思う。

そうすれば家を出たりしなかった。養子縁組も解消しなかったかもしれない。

『妹』のふりをして甘え続けたのに、我儘《わがまま》だって言えたのに。

『妹』としてだったら、ずっと巧のそばにいられたかもしれないのに。

触れちゃいけない。

そう思うのに、真尋の手は巧の背中に伸びてしまう。苦しそうに感情を吐き出す彼を抱きしめたいと思ってしまう。

背中に触れずに済むように、ぎゅっと力を込めて拳《こぶし》を握り締めた。

「俺はそれでもおまえが欲しい。手離せない。逃げるのは許さない」

せめて耳を塞《ふさ》ぎたいのに、その声は真摯《しんし》に真尋に届く。

「好きだ、真尋。好きなんだ」

――『巧さんの気持ち、気づいていないわけじゃないよね？』

何気なく結愛が呟いて、無邪気に顔を覗《のぞ》き込んできたことがあった。いきなりすぎて真尋は咄嗟《とっさ》に誤魔化すことができなくて。

――『自分の気持ちにも気づいてないかと思って心配しちゃったけど、大丈夫だね』

真尋の動揺などお構いなしに、彼女はさらりと結論づけた。

「俺を好きになれ、真尋」

この男はいつだって命じてくる。

そして真尋が命令通りになると思っている。

(命令されるのは嫌なのに、私はいつだって拒めない)

「私は、妹だったんだよ」

「ああ」

「義理でも、妹だった事実は変わらないんだよ」

「ああ」

「リスクが大きいのは巧くんのほうなんだよ!」

湯浅製薬の御曹司で次期後継者――そんな肩書などなくとも彼は存在自体が目立つのに。

抱えているものが多い分、彼が背負うリスクのほうが大きいのに。

「私にとっても巧くんは『特別』なんだよ!!」

「真尋……」

「嫌なの、巧くんが私のせいでうしろ指さされるのは嫌なの! 『妹』にしてくれないなら、『赤の他人』になるしかないじゃない」

「無理だよ。俺はおまえを『妹』にも『赤の他人』にもしない」

ずっと見てきた。

義理の兄になる前から、巧のことを見てきた。

ずっと見るだけだった相手が、義理の兄になって、直接話せるようになって、『真尋』と名前を呼んで、存在を認識してくれた。

そばにいて、意地悪な時もあったけれどかわいがってくれて、特別扱いしてくれて。

それは『妹になったから』だと自分に言い聞かせなければならないほど――深く甘い愛情。

「私は！　『妹』だったからそばにいられたの！　特別になれたの！　巧くんが『妹』にしてくれないなら、そばになんかいられないよ」

真尋にとって巧はきらきら輝く、眩《まぶ》しい存在だった。

眩《まぶ》しくて目をそらしたかったのに、関わりたくなかったのに、他人のままでいられたら良かったのに。

「真尋……」

どんなに強く抱きしめられても、どんなに彼の背中に手を伸ばしたくなっても、今の真尋は抱きしめ返すことはできない。

なのに――

がくんっと急に巧の体重がかかってきて、真尋は咄嗟《とっさ》に体を支えた。

「巧くん！」

「悪い……真尋。目が回る」

「ばか！　ばか！　もう休んで、私のベッド使っていいから」

「嫌だ。真尋……好きだ。離したくない」

「巧くんのばかっ！　離れないから、とにかく休んでよ」

弱音を吐いたのも、こんな告白をしてきたのも体調不良のせいなのだろう。

真尋は泣きながら、くやしいやら心配やらごちゃごちゃした感情のまま、なんとか巧を自分のベッドへと移動させた。

＊＊＊

しきりに真尋の小言が聞こえた。

元々彼女は文句が多い。不平不満だけは率直に口に出す。

海外にいる時も『ごはんちゃんと食べているの？』とか『休める時は休まなきゃ』だとか、まるで母親のようなことしか言ってこなかった。

もう少し言葉を選んだり、言い方を考えたりすればいいのにと思っていた。

でも外では上手にやっているようだから、この生意気さは自分に対してだけなのだと思ったら、そういうところさえかわいくて仕方がなかった。

「やっぱり熱が出てきた！　巧くんはいっつも突然高熱が出るんだから、体がだるい時は家で休んでいればいいのに。無理するからっ」

そう言いながら、薬を探してきて必死に呑ませてくれた。

さすが看護師だ、手際がいい。

なにより、いろいろ文句を並べながらも世話を焼いてくれるのがいい。

彼女の名前を呼べば「いるってば。なんでこういう時だけ甘えん坊になるのよ！」とか「シャワー浴びてくるだけだからね」とか子どもに言い聞かせるみたいに言う。

二十歳になったら——という宣言は果たせなかったから、彼女が大学を卒業したら今度こそ、と考えていた。

会いたくて、そばにいたくて、離れていると心配で、不安で。

だから今、体はきつくても彼女の声が聞こえることに安堵《あんど》する。寝心地はいまいちでも、ふわりと香ってくる優しい匂いは真尋のものだ。

彼女の声を聞いて匂いを嗅いで、細くてやわらかな髪を手にしながら抱きしめて眠りたい。

体から熱が遠のき、だるさが抜けて目が覚めた時、願った通りの状況を目にして、巧は自分がどこでなにをしているのか一瞬わからなかった。

腕の中に真尋がいる。

目を閉じて、唇が少し開いて、なのに眉間に皺《しわ》が寄っていて、あまりかわいいとは言えない寝顔だった。

少しでも手を動かしたら彼女が目を覚ましてしまいそうで、そうすればすぐに腕の中から逃げていくのも予想がついて、巧は身動《みじろ》ぎできなかった。

ゆっくりと記憶を手繰《たぐ》り寄せる。

中学時代からの同級生の男からメッセージがきて、そして真尋を迎えに行った。真尋を守るためとはいえ、そばにいた男を理不尽だけれど邪魔だと思った。自分以外の男が彼女の隣に立つのはやっぱり不快でしかない。

本格的に体調が悪くなった気がしたけれど、とにかく真尋のそばにいたかった。それからは、かなり情けない台詞《せりふ》ばかり吐き出した。

（泣かせたな……）

閉じた眦《まなじり》に涙の名残《なごり》はない。でも彼女の涙も、悲痛な叫びの内容も記憶にある。

いつかもこうして真尋の寝顔を見つめていた時があった。

創立祭か学園祭だかで忙しい日々を送っていた真尋が、帰宅するなりめずらしく制服のままリビングのソファで眠っていたのだ。

このままじゃ風邪をひくと思い、起こそうと近づいたのに、そこから動けなくなった。ふわふわの長い髪が真尋の口元を隠していて、何気なく手で払った。あどけなさを残す寝顔は幼いのに、ふっくらと色づいた唇だけが妙に色っぽく見えた。

子どもと大人の狭間《はざま》にいるがゆえのアンバランスな魅力に抗《あらが》えず、顔を近づけた時だった。

『巧』

と硬い声音で父に名前を呼ばれた時に、自分がなにをしようとしたか気づいた。

父はすぐに巧を書斎に呼び出した。

『巧、どういうつもりだったか説明できるかい？』

厳しい叱責を受けると覚悟していたのに、静かに問われたことで、巧もまた正直に答えた。

『妹になる前から真尋のことは知っていた。名前も知らなかったし、話したことはなかったけど、存在は知っていたんだ。再婚相手の人の娘だと、妹になるのだと知った時は嫌だと思った。それでも……妹として見るつもりだった』

『はっきり言いなさい』

『真尋に惹《ひ》かれている。妹としては見られない』

口に出して、巧は改めて自分の気持ちを確信した。これまで曖昧《あいまい》に濁していた感情を他者に告げたことで明確になったのだ。

巧の言葉に父は目を伏せた。そして、ふっと息を吐く。

『年頃の異性だ。そういう感情を抱くのも、魔がさすのも無理はない』

自分の抱いている感情が邪《よこしま》なものだと断言された気がして怒りがわいた。

彼女に出会ってからずっと心の中には葛藤《かっとう》がある。

鉛《なまり》を呑み込んでいるかのような重みや苦しみなど知らないくせに。

『俺は本気で！』

『一時的なものではないと、本気だとおまえは言い切れるのか？　彼女はすでにおまえにとって、義理とはいえ「妹」だ。かなり大きなリスクを抱えることになる。おまえも彼女も苦しむだろう。そのうえでの発言か？』

なにも言い返せなかった。

ようやく彼女への気持ちを認めたのだ。

それがリスクになるとか、真尋を苦しめるかもしれないとか、そんなことまで考えられない。

『家を出なさい、巧。真尋ちゃんは未成年だし、おまえを異性としては見ていない。一方的な感情で、勝手に行動を起こしてはいけない』

寝ている真尋にキスをしようとした。その行為は責められてしかるべきだ。父の言うことは理解できた。

『距離を置いて離れれば、その感情が一時的なものなのかそうでないのかわかるだろう。義理の妹を相手にするのなら相応の覚悟が必要だ。それができないならあきらめなさい』

あきらめろ、という言葉に一瞬ひるみかける。

あきらめられる程度の感情なら、なんとしても誤魔化した。父に正直に告げたりしなかった。

『覚悟ができればいいのか？』

『おまえが覚悟を決めたのなら、その時は僕も考えよう』

父にはきっといろいろと見抜かれていた。

手を出すことだけはダメだと厳命されたけれど、好意を抱くことまでは禁じられなかった。

巧は慎重に彼女との距離をはかり、自《みず》らの気持ちに向き合ってきた。

自分が二十歳を迎えた時――

『覚悟は決めた』

そう宣言した時のなんともいえない父の表情を覚えている。

実の息子を案じる気持ちと、義理の娘を想う気持ち、湯浅家のことや会社のこともある。

覚悟を決めたのならと、いろいろと条件を出されたけれど、それを必死で巧は守ってきた。

特別扱いをしつつ、妹にはしないと言い聞かせて、警戒心を抱かせないようにしながらも、男として意識させて彼女の心に残るように。

そして、真尋は二十歳を過ぎた。大学も卒業して社会人になった。

自分は着実に力をつけて、湯浅製薬に存在を示してきた。

覚悟なんか、湯浅を継ぐと決めた時からずっとしている。

あとは行動を起こして、彼女を手にするだけ。

そして今、巧の手の届く場所に無防備に彼女は存在している。

閉じた瞼《まぶた》が震えた。睫毛《まつげ》が揺れて真尋の覚醒《かくせい》を教える。

ゆっくりと目が開いて、真尋は瞬《まばた》きを繰り返した。はっきりと意識を取り戻した瞬間、反射的に逃げようとした体を抱き寄せた。

「真尋、逃げるな」

「た、た、巧くんっ！　え、と昨日は巧くん、寝ぼけて私をベッドにひっぱりこんだんだよ。体調悪かったから……体調！　そうだっ、熱は下がったの？」

「完全ではないけど下がった。微熱程度だ。昨夜は迷惑かけた。いろいろありがとう。でももう少しこのままでいろ」

「この、ままって」

「これ以上はなにもしない。だから少しだけおまえを抱きしめたい。おまえがそばにいるって実感したい。ずっと……ずっと、俺はおまえに会いたかった」

離れていた間、気持ちが冷めてしまうならそれもありかもしれない、とほんの少し思った。

でも離れていれば冷めるどころか、ますます想いは募って、どうしようもないほど好きなのだと自覚することになった。

(真尋……おまえは『赤の他人』になるべきじゃなかったんだよ)

もう戸籍上でさえ『妹』ではないことが、巧の中の最後の箍《たが》をはずしたのだ。

『妹』のままだったらきっと、触れるのは怖くてたまらなかったから。

彼女をこんな関係にひきずりこむことに、ためらいを覚えていたから。

「好きだ、真尋。俺、こんなにおまえのことが好きだったなんて思わなかったよ」

「巧くんは、熱のせいでおかしくなっているんだよ」

泣きそうな声で真尋が訴えてくる。

巧の命令通り逃げはしないけれど、強張《こわば》った体からは緊張が伝わってくる。

「熱はあるが、おかしくはない。それにこうしていると癒《いや》される」

「私は緊張する！」

「この、ままって」

「少しずつ慣れればいい」

「慣れない。慣れないよ……」

「大丈夫だ。もう俺はおまえのそばから離れない。俺がおまえを守るから」

抱きしめてそっと背中を撫《な》でた。

今はただ、こうして素直に腕の中にいてくれるのが嬉しい。

短くなってもやわらかな髪に触れた。そして頬を掌《てのひら》で包んで、巧は真尋と視線を合わせた。

戸惑いに揺れる眼差しは潤《うる》んで、緊張からかきゅっと唇を小さく噛んでいる。

緩めるために親指でなぞると、ぴくりと震えた。そこには、緊張と小さな怯《おび》えがあった。

彼女を前にすると幾度《いくど》となく衝動が湧き上がってくるのを、無理やり抑え込んできた。

けれど今の巧は、彼女の唇のやわらかさを知っている。

唾液《だえき》の味も舌の感触も覚えている。

それは忘れられない甘い果実。知ってしまった禁断の味。

一度でも経験してしまえば、歯止めが利かなくなるのはわかっていた。

だから必死で耐えてきた。

きっとこのまま彼女の腕を掴《つか》んで、のしかかって自由を奪うのは簡単。

このあいだのように強引にキスをして、そして服を剥《は》いで肌を露《あら》わにするのも容易い。

ぐるぐると渦を巻く欲望を、巧は息を吐き出すことで逃がした。

そしてそれ以上の行為に及ばずに済むように、もう一度真尋の体を抱きしめる。

「もう少しだけ、このまま」

乞《こ》うように、願うように囁《ささや》いた言葉に返事はなかったけれど、拒まれることもなかった。

＊＊＊

体調が悪いにもかかわらず迎えにきた巧は、真尋のマンションに着くと限界になったようで、結局高熱を出した。

巧は、疲労やストレスが溜まると急に高熱を出す。一晩で下がるものの四十度を超えるし、意識が朦朧《もうろう》とするしで、初めて知った時はおろおろしたものだ。

頼子は『小さい頃からそうなんですよ』と手馴《てな》れたように対処していた。

それは、家族になったからこそ知ることができたものだ。

真尋の体を抱き寄せていた腕から力が抜けて、ふたたび小さな寝息が聞こえてくる。

真尋はそっと巧の腕から抜け出して額《ひたい》に手をあてた。

彼の言う通り微熱のようだ。

こうして寝顔を見ると、整った顔立ちをしているんだなと改めて思った。

通った鼻筋、薄くも厚くもない唇、きめ細やかな肌はうらやましいぐらいだ。顎《あご》に伸びた小さなひげを見つけて、ひげが生えるんだなとあたりまえのことを考える。

真尋は膝をかかえて、少しの間、巧を見つめた。

初めて言葉にされた巧の想いが、今さら真尋の中でぐるぐる回って、涙となってこぼれていく。

特別扱いされていたことも、大事にされていたこともわかっている。

それが『妹』を超えたものであることも、気づいていたけど見ないふりをした。けれど、空港での別れ際のキスで思い知らされて自覚して、その時に『無理』だと思ったのだ。

いつのまにか生まれていた感情は、もう消しようもないほど真尋を満たしていて、なかったことにもできなければ、殺すこともできなかった。

離れている間に冷めて消えていけばよかったのに、結局こうしてそばにいられれば、真尋の心は簡単に引き戻される。

「離れるのも、あきらめるのも無理なら……どうすればいいのよ」

『好き』だと言われて、『逃げるな』と言われて、『俺が守る』と真剣に言われて――湯浅製薬御曹司からの告白を断れる女の子なんかいるんだろうか。

そんな女の子がいたらお目にかかりたいし、馬鹿だと思う。

「『俺を好きになれ』――だって、とっくに好きになっているよ。私だって巧くんが大切なんだよ。特別なんだよ。守りたいんだよ」

涙が頬を伝っていく。

泣き叫びたいのをこらえて、嗚咽《おえつ》を押し殺して、それでも涙だけは止められなくて。

けれど巧が眠っているから、ぽろぽろと本音がこぼれていく。

キスをされて、巧の唇の感触を知った。

抱きしめられて、腕の中の心地よさを知った。

乱暴な口調で紡がれる甘い言葉と、熱のこもった眼差しを注《そそ》がれれば、雁字搦《がんじがら》めに捕らえられる。

出会った時から、巧の命令には逆《さか》らえなかった。

どんなに拒んでも、逃げようとしても、きっと巧は許さないだろう。

これまでの付き合いで嫌になるほど知っている。

「いつかきっと巧くんは後悔するよ……」

元『義理の妹』との恋愛関係が、彼の周囲の世界にどのような影響を及ぼすことになるか、真尋には想像もつかない。

だから怖いと思う。無理だと思う。

——きっとこんな関係はいつか破綻《はたん》する。

こうしてあがいても、真尋からは彼の存在を切り離すことができない。

『赤の他人』になっても、家を出て距離を置いても、巧はお構いなしに近づいてくるから。

自分で壊すことのできない関係ならば、いっそ壊れるのを待つのもいいのかもしれない。

壊れる日までのほんの少しの間だけでも、巧を独占できるなら、もしかしたらきっと、それ以降の人生も一人で生きていけるかもしれない。

——『好きだ』とはっきり言葉にして言ってくれたから。

真尋は巧に手を伸ばしかけて宙で止めた。

ぎゅっと手を握り締めると、拳《こぶし》で乱暴に涙を拭う。

ベッドを下りて、この不健康な御曹司を少しでも元気にしなければ、とキッチンへ向かった。

消化の良いものを食べさせて、熱をきちんと下げて、明日からしっかり働けるように。

揺れ動く感情を抑えつけて、真尋は自分の日常に戻ろうと努めた。

とりあえず、かわいいチェックのシーツは巧には似合わないから、新しいシーツでも買おうと決めながら。

＊＊＊

電子カルテに内容を記載し終えたと同時にお昼休憩を勧められて、真尋はランチルームへ向かった。

数年前に職員への福利厚生も兼ねてリニューアルされ、薄暗い病院の食堂のイメージから、随分様変わりしたらしい。

壁は一面ガラス張りで、そこからは患者の憩《いこ》いの場ともいえる中庭が見下ろせる。入り込む日差しがやわらかいのは、季節による太陽の光の角度を計算して設置された庇《ひさし》のおかげだ。

ブラインドなどなくても夏は涼しく、冬は暖かく過ごすことができる。

ピークの時間がずれたおかげで、ランチルームに人はまばらだった。

真尋は窓際に並んだカウンター席の端のほうに腰を下ろした。

今日は午後から入院患者の女の子のお散歩に付き合うことになっている。

初夏の空は、こうして室内から見る分には、綺麗《きれい》な青で清々しいけれど、外に出れば暑さも日差しも容赦《ようしゃ》なく襲ってきそうだ。

日陰の散歩ルートを考えながら、眼下の中庭を眺めていると、隣に人の気配を感じて真尋は顔を上げた。

ランチルームの席はがら空きなのに、わざわざ近寄ってきた人物に真尋は警戒する。

「今、お昼ご飯？」

「そうです。立花先生も？」

「いや、僕はオペ前のリラックスタイムでコーヒーを飲みに来たところ」

真尋はランチルームをちらりと見回して、暗に席はたくさん空いていますよと伝えてみた。

若手で独身のイケメンであるうえに、巧の同級生となれば、真尋にとっては警戒対象だ。なによりこの男が余計なお節介をしたせいで、巧との関係が変化してしまった。

立花は真尋の仕草の意図に気づいてにこりと笑ったくせに、あえて隣に座ってくる。

こんな場面、彼のファンに見られたら面倒なことになる。

かといって、あからさまに離れるわけにもいかない。とにかく真尋は、さっさと食事を終えてしまおうとご飯をかきこんだ。

「あのあと、巧とは大丈夫だった？　君からクレームの電話でもくるかと思って待っていたのに、一向にこないから気になっていたんだけど」

院内交流会という名の飲み会で、この男から名刺を渡されたのを、今真尋は思い出した。

そういえばあれはどうしただろうか。多分バッグの奥底に沈んでいる気がする。

――巧は日曜の夕方には、熱も下がり食欲も戻って元気になった。ものすごく帰りたくなさそうで、そのまま真尋の部屋に居座りそうだったのを、合鍵を渡すことで落ち着かせた。

『おまえが戸惑っているのはわかる。今まで待ったんだから急ぎはしない。でも俺から逃げるな』

そう念押しして、渋々帰っていった。

鍵を渡したからには、入り浸られる可能性も覚悟していたのに、蓋《ふた》をあけてみれば、やはり巧は仕事が忙しいようで部屋には来ない。

メッセージのやりとりと、たまに電話をしてくるぐらいだ。

まるで何事もなかったかのようにふるまいながらも、真尋の気持ちは昔以上に揺れ動いている。

思わせぶりで曖昧《あいまい》な言動を繰り返してばかりだった巧が、はっきりと想いを言葉にしたからだ。

弱音だと言って告げてきた内容は、巧の葛藤《かっとう》と本気を教えてくれた。

あの日から『逃げるな』という台詞《せりふ》がいつも真尋の中で響いている。

――それもこれもこの男のせいだと責任転嫁《てんか》したくなる。あんな余計なこと今後一切しないでくださいね、と言いたくなるのを我慢して、真尋は、

「立花先生に気にしていただくようなことではないので」

とそっけなく言った。

「うーん、僕もあまり関わらないほうがいいとは思っているんだけど、巧の機嫌を損ねるのも得策じゃないからなあ」

立花と巧は、真尋が思う以上に仲がいいのだろうか。

巧の友人関係など知らないので判断がつかない。

一度だけ、巧が友人たちを家に連れてきたところに遭遇したことがあった。

いや、元々高校生の頃までは彼の家がたまり場だったらしい。大学生になり真尋たち親子が同居するようになると、巧は友人を連れてこなくなった。

その日だって、真尋が結愛の家で試験勉強するから遅くなる、と伝えていたから招いたようだった。

あの頃はまだどこかぎくしゃくしていて、さらに予定外に早めに帰ってきた自分に、巧は少し怒っていた気もして、自分の存在を友人には知られたくないのだろうなと感じたものだ。

なぜならあの時、真尋は聞いたからだ。

家に帰るなり遭遇した巧の友人たちに『君が義理の妹？』と騒がれて、すぐさま真尋は自室に逃げ込んだものの、『血の繋がらない妹なんて、いやらしい響きだな』とか『巧ー、禁断の関係とか踏み込むなよ』とか、下世話ともいえるからかいの言葉を。

巧はすぐさま一喝《いっかつ》して、結局彼らと一緒に家を出ていった。

今なら、高校を卒業したばかりの男同士の集まりだし、からかい半分でつい口にしたのかもしれないと思えるけれど、自分たちの関係をそういう目で見る輩《やから》を初めて目の当《ま》たりにして、あの時の真尋は嫌悪と恐れを抱いた。

頭ではわかっていたことと、実際に耳にするのとでは衝撃が違う。

自分たちが万が一にでも恋愛関係になれば、そう言われる可能性があることがはっきりしたのだ。

「立花先生は、どうしてわざわざ巧くんに連絡入れたりしたんですか？」

「え？」

「私はもう成人した社会人で、子どもじゃないんですよ。飲み会のたびに迎えに来てもらう必要なんかないんです」

もう『赤の他人』なんだからと正直に言ってしまえばいいのかもしれない。でもそこまで立花に詳細を語る気にはなれなかった。

立花は少し驚いたような表情をしたあと、ふっとやわらかくほほ笑む。

彼に憧《あこが》れている女性が見れば頬を染めるかもしれないが、真尋には面白がっているような表情にしか見えない。

「僕はさ、君があの場にいることは伝えたけど、迎えに来いなんて言っていないよ。まあ、あいつが来るだろうとは思っていたけど」

立花は優雅な手つきでカップを持ってコーヒーを口にする。

「それに僕だって、君があの場がどういうものかわかって来ていたなら、そんなお節介はしなかった。どうせ誤魔化されて連れてこられたんだろう？　君はものすごく驚いていた。椎名先生の姪だって言うことで牽制《けんせい》はしてみたけど、むしろそのほうが燃えると言っていた奴らもいた。僕はあのあと病院に戻る用事があったし、どこまで君を守れるか不確かだった。だからあいつの判断を仰いだ。まあ、あいつが来れないなら来れないで、なにか指示はされるだろうと思ったし」

立花の言う通り、油断して、なにも知らずに参加したのは事実だ。

けれどそんな過保護ぶりはもう必要ない。

「私だってかわすことぐらいできます。それに……巧くんに負担はかけたくない」

「巧から逃げたいの？」

「え？」

「ここは湯浅系列の病院じゃないし、名字は椎名になっているし、聞けば家も出たんだって？」

「逃げるとか、そんなんじゃ。この病院だって実習でお世話になったし、叔父もいたから選んだだけだし、社会人になったら独立するのはあたりまえじゃないですか？」

そう、ただ独立しただけだ。自分の足でしっかり歩いていこうと決めただけだ。

「でも全部巧には内緒でやったことだろう？　内緒にした時点で、もうそれは逃げたのと一緒だと僕は思うけど」

「……だって、それは」

言い訳がぐるぐる頭の中を回ったけれど、真尋は口にはできなかった。

立花の言う通りだ。

巧に黙ったまますべてを決めた。言えば反対されるのはわかっていたし、反対されれば行動できない自分も想像できた。

（そっか、だから巧くんもしきりに『逃げるな』って言うんだ）

真尋は言い返せなかった代わりにお味噌汁をすすって、立花との会話を強引に切り上げる。

「あいつに溺愛されてドロドロに浸っているかと思ったのに……あいつの包囲網もたいしたことないな」

「で、溺愛って」

お味噌汁を噴き出しそうになって、真尋はなんとか耐えた。一部ちょっと器官に入ってむせてしまう。

「大丈夫か？」

「だ、大丈夫です。それからあまりそういう発言しないでください。確かに義理の妹だったので、かわいがられたとは思いますが、それだけです」

「え？　自覚ないの？」

自覚がないわけじゃない。

でも第三者を相手にそんなこと認めるわけにはいかない、と真尋は思う。

むしろ立花は、どうしてそんな確信を持っているような言い方をするのか。

巧は『義理の妹が好き』だと公言でもしていたのか。

（それはそれで問題でしょうが！）

「兄妹でそういうのありえないでしょう？」

努めて冷静に真尋は言うと、お茶を飲んでその場を去る準備をした。巧の友人に関わるなんてやっぱり碌《ろく》なことにならないと思う。

「ふうん、巧のネックはそれか」

トレイを持って立ち上がった真尋は、じろりと立花を睨《にら》んだ。

真尋が思う以上に仲がいいのか、立花はいろいろ知っているようだ。だったら余計に自分たちのことに首をつっこんでほしくない。

「椎名さん。君の懸念《けねん》なんかあいつは織り込み済みだ。無駄に足掻《あが》いて逃げると僕にも火の粉が降りかかるから観念してあげなよ」

真尋は「なによそれ？」と思ったけれど、一応先輩医師なので、軽く頭を下げてその場を去った。せっかくのランチタイムだったのに、休憩できた気分にはならなかった。

＊　＊　＊

病院ご自慢の中庭に出ると、ランチルームから眺めた時よりも、人が増えているようだった。

日差しが強い割には風が涼しくて過ごしやすいからだろう。

青々とした芝生も光に照らされて、きらきらと輝いている。

車椅子でも進みやすい小道の脇には、バランスよく木々が植えられ、心地よい影を作り出していた。

「椎名さん、こっちこっち」

真尋は車椅子に座る主の言う通りに小道を押していった。

検査が長引いて心配していたけれど、なんとかお散歩の許可も出て、こうして外に出ることができた。長期入院の患者にとっては、ささやかな外出が気分転換になる。

「どこへ行く？　東屋《あずまや》？　それとも花壇？　今どんな花が咲いているだろうね」

「今日は景色よりもいいものが見られるはずなの。さっき検査中に情報仕入れたんだから」

検査前は憂鬱《ゆううつ》そうだったし、普段は終わればそれだけでぐったりしているのに、彼女はどこかうきうきしている。

「あ、予想通り！　はっけーん。椎名さん、こっち、ここでストップ」

真尋は木陰になる場所で車椅子のブレーキをかけた。

彼女の視線の先を見て、真尋は呆《あき》れると同時に感心する。

「ほら特別室の患者さんに時々会いに来るイケメン！　特別室から散歩に出るなら、このあたりで過ごすだろうと思ったのよ！」

入院生活が長くなると、病院内のことには職員より詳しくなるものなのだろう。

確かに彼女は幼い頃から入退院を繰り返しているだけあって、真尋なんかよりもよほど院内にも、院内の人間関係にも詳しい。

特別室の入院患者など真尋にはわかるはずもない。

けれど、彼女は他の病棟の職員とも仲良しで、よく情報を仕入れているようだ。

年頃の女の子らしく、イケメンに目がないところもほほ笑ましいし逞《たくま》しいなと思う。

「そんなにイケメンなの？」

「そうだよー。彼がお見舞いに来ると、看護師さんたち浮き立っているからすぐわかる。それに本当にかっこいいんだもん。目の保養だよ」

真尋も、じっと目をこらしてみた。

大きな樹の下に設《しつら》えられたベンチのそばで、車椅子に座っているのが特別室の患者なのだろう。五十代ぐらいの男性のようだ。

そのそばに、まるでモデルのようなスタイルですらりと立つスーツ姿の男性がいた。

イケメンなら真尋には耐性がある。

巧を筆頭に、義父も叔父もいるし、結愛の夫である高遠駿も王子様みたいな男だ。

男性は巧より幾分か年上に見えた。高遠駿と同世代ぐらいだろうか。

確かに遠くから見ても、整った顔立ちをしている。少し冷たい印象だが、それも魅力的に映るのかもしれない。

「まあ、確かに」

「でしょう！　あの人の息子さんも大学生っぽいんだけどかわいい感じなの。今日は来てないのかなあ」

イケメンに騒ぐ彼女の姿を見ていると、巧に片想いをしていた友人を思い出した。

そしてこんなふうに、陰から一緒になって巧を見ていた中学生の頃の自分も。

(見るだけで終わっていればよかったのに)

あのまま遠くから見るだけだったら、淡い感情を抱くだけで済んだ。

――違うな、と真尋は思う。

『義理の妹』になったって、こんな気持ちを抱かなければよかったのだ。

兄として慕《した》えばよかったのだ。妹としてふるまえばよかったのだ。

でもそれができなかった、互いに。

「椎名さんって、もしかして彼氏いる?」

いきなり言われて真尋は面食らった。

まるで自分の思考が見透《みす》かされた気分で、真尋は笑ってなんとか動揺を誤魔化した。

「いきなりだね」

「だって、イケメンを目の前にしているのに騒がないんだもん」

そういうことか、と思った。

彼女はきっと、真尋に一緒になってはしゃいでほしかったのだろう。

巧を彼氏と呼べる気はしなかった。

気持ちを告げられて、真尋も特別だと言った。

ただそれだけで、はっきりとした関係には踏み込めていない。

誤魔化すことはできた。でも、なんとなく嘘はつきたくなかった。

まっすぐ真尋を見上げてくる眼差しは、照り付ける日差しよりも眩《まぶ》しい。

「大切な人はいるよ」

真尋の中で確信して言えることはそれだけだ。

巧のことが大切で、だから傷つけたくなくて、苦しめたくなくて、守りたくて。

離れなきゃと思うのに、そばにいたいと思わせる人だ。

あきらめたいのに、惹《ひ》かれるのを止められない人だ。

彼女は瞬《まばた》きをして真尋をじっと見たあと、すっと真顔になった。

からかわれるかと思ったのに、彼女はそっと視線を落としてどこか大人びた表情をする。

「大切な人がいるなら、大切にしてあげてね。いつまでもその人が生きているとは限らないんだから」

淡々とした口調で発した彼女の言葉が、強く胸に響いた。

幼い頃から病気を抱えて入退院を繰り返してきた中で、おそらく彼女には命の危機が何度かあったはずだ。

今回の検査の結果によっては、入院が長引く可能性もある。

学校へ通うことも、友達と一緒に過ごすことも、放課後遊びに行くことも、男の子と仲良くなって恋愛をすることさえ今の彼女には難しい。

こんな狭い世界の中でのイケメンとの出会いに、はしゃぐので精いっぱいなのだ。

(そうだ。いつまでも生きているとは限らない)

目の前の少女の人生は、いつも死と隣り合わせだった。

真尋が働いている場所は、そういう人たちがたくさんいるところだ。

昨日までおしゃべりしていた人が、翌日には物言わぬ状態になる。

それを真尋は知っていたはずなのに。

今、この瞬間もし巧が事故に遭ったりすれば――そう想像して怖くなる。

(私が本当に怖いことってなんだろう……)

真尋はひどく泣きたい気分になる。

いつでも大切な人がそこにいるなんて思い込むのは傲慢《ごうまん》なことなのだ。

好きな人がいて、その人からも好きになってもらえて、望めば会って話して一緒にいることができる。

それは決してあたりまえのことじゃないのだと、彼女たちが教えてくれる。

「ああ、イケメン行っちゃった。私もそろそろ病室に戻ろうかな」

男性が車椅子を押して小道を歩いていく姿が見えた。

その後姿を見ながら、真尋もまた車椅子を押す手に力を入れた。

『巧から逃げたいの?』と言った立花の言葉と、『俺から逃げるな』と吐き出された巧の言葉とがぐるぐる頭の中を回っていく。

少女の細い肩を見ながら、彼女のほうがよほど自分より強いと、真尋は情けなさを感じた。

＊＊＊

病院に勤めていると『命の重み』を感じる。

「生きたい」という強い願い。「生きていてほしい」という希望。「生きているだけでいい」という命への感謝。

明日も会えると思っていたのに、二度と会えない日が突然来る。そんな絶望も目の当《ま》たり《あ》にする。

少女と話した日から数日後。真尋は自室でスマホをぼんやり眺めながら、どう返事をしようか考えていた。

『今度いつ会えそうか教えろ』という相変わらずの命令口調から始まったメッセージは、ついさっき『真尋、会いたい』になった。

そしてそれを見た時「私も会いたい」と思った。

――『大切な人がいるなら、大切にしてあげてね。いつまでもその人が生きているとは限らないんだから』

あの日から、この言葉がずっと真尋の頭に残っている。

だからいろんな不安やためらいをすべて取り払って、素直に自分の心を見つめなおすと、シンプルな答えが出てくるのだ。

なにより巧にはっきりと『好きだ』と告白された。思わせぶりな態度でずっと匂わせられてはいたけれど、言葉にされたのは初めてだった。

そして彼が「弱音」と言ったように、彼なりに迷い悩んだ末の結論だということも知った。

この恋は簡単じゃない。

巧にとっても自分にとっても。

そんなことは嫌になるほどわかっていて、もうそれでも互いに止められなくて、あんなふうに覚悟をもって告げられれば、揺るがずにはいられない。

巧のことを想うと、胸が苦しくなる。

目をそらしたくてもそらせないほど眩《まぶ》しい存在だった。見たくなくても視線が引きつけられてしまうし、近寄ってこられたら避けられない相手だ。離れても完全に繋がりを絶つことはできない。

大切だと思う。

だからあの強烈な輝きに、わずかな影も落としたくない。

巧の人生に汚点など一切つけたくない。それを与えるのが自分なんてもっと嫌だ。

それでなくとも、巧の時間を人生を未来を、真尋は歪《ゆが》めてきてしまったのだから。

――『本当はね、湯浅なんて継ぎたくなかったのよ。でもあなたを守るために自分の人生を犠牲にしたの』

――『あなたのためにどれだけ苦心していたか、気づきもしないのね』

成人式後の同窓会で、初めて巧のいとこと顔を合わせた時に言われた言葉。

甘えていたこと、期待していたこと、夢見ていたことを自覚した。

気づかないふりをして、見ないふりをして、余計なことを考えないようにしていたのだと思い知った。

とっくに巧に惹《ひ》かれていたことを認めざるを得なかった。

好きだから守りたいのだ。特別だから離れたのだ。

「大切な人を大切にしたいよ。だから……会いたいなんて思っちゃダメでしょう?」

真尋はソファの上で膝を抱えて、そして自分のベッドを見る。チェックのシーツは彼には似合わなかったから、あのあとベージュのシンプルなシーツを買いに行った。

巧が部屋に来ると、少しの間だけ彼の気配が残る気がする。

初めて深いキスをした。

初めて強く抱きしめられた。

初めて一緒のベッドで横になって、腕の中につつまれて眠りについた。

離れていた二年の間でも変わることのない気持ちをぶつけられて嬉しかった。

いまだに彼にとっての特別が自分であったことに喜んだ。

キスをされても嫌じゃなかった。

落ち着かなくて、緊張して、戸惑いはしても巧に触れられるのは嫌じゃない。

むしろ義兄の仮面をはずした男としての巧を、もっと知りたいとさえ思った。

「矛盾しているよね……」

ごろんとソファに横になると、目じりから細く涙が伝ってきた。

巧に出会った時から真尋はずっと矛盾を抱えている。

義理の兄妹になんてなりたくなかったのに、なったからこそそばにいられた。

いつかは養子縁組を解消しようとは思っていたのに、いざ解消すると繋がりが絶たれたようで心細さを感じた。

赤の他人になったのに、余計に惹《ひ》かれるのを止められなくなった。

スマホが震えて、真尋は身構えつつ画面を確かめる。想像した人物とは違っていて、真尋は慌てて電話に出た。

「結愛！」

『真尋、久しぶり。今話しても大丈夫？』

「もちろん！」

体を起こして涙を拭う。

泣いていたことがわからないように、あえて弾《はず》んだ声を出した。『元気だった？』「元気だったよ」と、まずはお互いの近況から話をした。それから結愛からの用件にうつる。

大学生だった頃は、真尋が結愛の予定に合わせることで、最低月に一度は会うことができていた。けれど就職してからは、電話やメッセージのやりとりがメインになった。

結愛は紆余曲折《うよきょくせつ》あったものの、かねてからの約束通り、高遠駿と二十歳で結婚した。今は高遠家のお屋敷を活用して様々なイベントを開催する責任者となっている。少し前には屋敷の敷地内にレストランをオープンさせて、そこのオーナーもしているのだ。

ふと彼女のかわいらしい声を聞きながら思い出す。

真尋とは違う意味で結愛もまた矛盾を抱えていた。

不安や悩みを抱えながらも、一貫してぶれなかったのは高遠駿への気持ちだ。

結愛はまっすぐに彼への愛を貫いた。

ふさわしくないとわかっていても、彼を好きなのだと——十歳の年の差に対するもどかしさも、立場を守るための婚約に縋《すが》りついたうしろめたさも、家柄と自身の生まれへの劣等感もすべて抱えながらも、その想いだけは一途だった。

見かけは可憐《かれん》で儚《はかな》いのに、彼女はとても強かったように思う。

『そういえば巧さん、日本に帰ってきたんでしょう？』

「あ……うん」

『良かったね、真尋。巧さんいなくて寂しそうだったから、良かった』

寂しいなんて、結愛に対して口に出したこともなければ、そもそもそんな感情さえ認識していなかった。

でも結愛の目にはそう見えていたのだろう。

（いつも、結愛のほうが先に見抜いちゃう）

「私……巧くんがいなくて寂しそうだった？」

『え？　真尋？』

「過保護な兄がいなくなって、せいせいしていたつもりだったのにな。結愛からは私、どんなふうに見えているんだろう」

『真尋……なにかあったの？』

結愛からのこうした言葉を、真尋はいつも聞き流してきた。だからか、電話口の声が硬くなって心配そうな声音に変化する。

『椎名真尋』に戻って一人暮らしを始めたのだと伝えた時も、結愛は『そっか』と頷くだけだった。『一人暮らしは大変そうだね』とか『いつか遊びに行けたらいいな』と言って、なぜか電気グリルをプレゼントされた。『焼肉もたこ焼きもお鍋もできるんだよ！』と真面目な顔して力説していた。

残念ながら、いまだ活用できていない。

「結愛、巧くん帰ってきたの。養子縁組を解消したのも、一人暮らししたのも怒られた。そのうえね、私のことが好きだって告白してきたんだよ。義理の兄だったくせに、なに言っているんだろうね。湯浅の御曹司の自覚が薄いんじゃないかと思うよ」

『真尋』

ぽろぽろといつもの悪態が口をついて出た。けれど、こうして言葉にしていくと、自分の気持ちがはっきりしていく。

「でもね……喜んじゃいけないのに嬉しかったの。リスク背負わせちゃいけないから離れたのに、近づかれたら拒めないの。好きだったら、本当に好きだったら、巧くんの幸せを本気で願うなら、私は――」

――巧の気持ちを受け入れるべきじゃない。

そんなこと、嫌になるほどわかっている。

『巧さんの幸せがなにか、真尋にはわからないの？　巧さんの幸せは湯浅を継ぐことじゃないよ。御曹司でいることじゃないよ。真尋がそばにいることなのよ。真尋の幸せだって、巧さんがそばにいることでしょう？　真尋……あなたが巧さんの幸せがなにか勝手に決めつけちゃダメだよ』

真尋の言葉を遮《さえぎ》って、結愛が言葉を連ねる。いつもどこか一歩引いて見守ってくれていた彼女が、こんなふうに言ってくるのはめずらしい。

だから余計に彼女の言葉が胸に響いた。

巧の幸せがなにか、勝手に決めつけていたのだろうか。

義理の妹への好意は、彼にとってリスクでしかない。

苦悩することはわかっているのに、それでもそれは不幸ではないのだろうか。

『真尋、幸せになってよ』

少しくぐもった声が聞こえた。

結愛は強くなったと思う。元から彼女は揺らぐことなく、まっすぐに人を愛してきたけれど、それ以上に愛されていることを実感してから、ますますしなやかな強さを身につけた。

「幸せだよ。こんなふうに私の幸せを願ってくれる親友がいるんだもの」

『そうよ。真尋が勇気さえ出せば、あなたの恋は叶うんだから』

「叶えていいの?」

『巧さんの恋を叶えるのも真尋だよ』

頬を温かいものが伝った。泣く必要なんかないのに、こんなふうに泣いてしまうのは、自分が弱いせいだろうか。

結愛のように強くなれれば、この恋でこんなふうに泣かずに済むのだろうか。

「ありがとう。結愛」

それだけはしっかりと彼女に伝えた。

＊　＊　＊

真尋は久しぶりに馴染《なじ》みのある駅で降りていた。金、土という形で休みがとれたので、ようやく覚悟を決めて、巧に会いに行くと連絡した。

『だったらどこか食事でも行こう』というメッセージに『巧くんの部屋へ行くよ。ごはんもつくってあげる』と返事をしたのは真尋だ。

巧と二人きりで外で食事をするのは抵抗があった。『義兄妹』という免罪符《めんざいふ》があった時は二人でいるのも平気だったけれど、『赤の他人』になった今、人目につくのは避けたい。

真尋はスーパーで食材を買い込むと、巧のマンションを訪れた。

高校卒業と同時に与えられた巧のマンションは、御曹司らしく駅近くの高級物件だ。実家にも大学にも、そして会社にもアクセスがいい立地だ。

真尋が住んでいるマンションは、元義父が探してくれた物件だったが、こうして電車で通ってみてはじめて、巧の住むところと近かったのだと気づいた。

巧が一人暮らしを始めてからは、お手伝いの頼子が掃除や食事のサポートをするためマンションに通っていた。真尋も何度かその手伝いで訪れたことがある。

海外赴任中もマンションは他人に貸すことなく、そのままにしていたため、頼子が管理をしていた。

しかし、頼子自身に孫ができてその世話をしたいからと、真尋の独立と同時に湯浅家のお手伝いを辞めたのだ。湯浅家には新しいお手伝いさんが入ったらしいが、巧はその人にマンションの管理は頼まなかったと言っていた。

真尋は、自分の部屋の合鍵と引き換えに、無理やり渡された巧の部屋の鍵で中に入った。

広いはずのリビングダイニングは、雑然としている。テーブルの上には郵便物が溜まっており、部屋の隅にはクリーニングに出す予定だと思われるシャツやスーツが入った箱が床に置かれていた。

キッチンは使用感がないけれど、水垢やら埃《ほこり》やらが残っている。

お掃除ロボットのおかげで床は綺麗《きれい》に見えた。

元々物は少ないし、むやみやたらに散らかすタイプでもない。おそらく眠るために帰っているようなもののはずだ。それでも、巧の生活の痕跡《こんせき》がそこかしこに溢《あふ》れていて、ここに自分がいることに胸がきゅっと締め付けられる。

真尋は買ってきた食材を冷蔵庫に入れた。飲料水と栄養補助食品とアルコールで埋まっているのを確認した後、郵便物を整理して、散らかっていたものを片づける。掃除機をかけてキッチンのシンクを磨いて、ついでにトイレも掃除した。

そして、最後に寝室に入る。

部屋に行くと伝えた時点で、巧からは自由にしていいと許可は得ていた。寝室に入っても大丈夫なのかと念を押せば、むしろシーツでも洗ってもらえると助かるときた。以前手伝いにきていた時も、真尋は巧の寝室にだけは入らなかったから、少しだけ緊張した。

思い切って寝室のドアを開けると、カーテンさえ開いていない。

机の上は書類で埋まっており、椅子の背には無造作に何本かのネクタイがかかっている。ベッドを見れば、起き抜けのままの形が残っていた。

湯浅家の管理はすべて頼子がしていた。真尋の部屋を使いやすいように整えてくれたのも彼女だったから、彼女の収納の癖は把握《はあく》している。

予想通りにクローゼットの一番下の深い引き出しにシーツがあって、真尋はそれを取り出した。

カーテンと窓を開けてシーツを交換する。出しっぱなしのネクタイを片づけて書類を端に寄せておく。

シーツを洗おうと洗濯機の中を見れば、乾燥を終えた下着や靴下が入ったままになっていて、ためらいつつもたたんだ。

義理の兄妹の関係があったからこそできたけれど、そうでなかったら手を出せなかっただろう。

部屋のどこを見ても、女性の痕跡《こんせき》は一切ない。

昔からそうだ。

巧は真尋には女の存在を絶対に匂わせなかった。

真尋が妹になったのは、巧が十八歳の時。

それからずっと女性との関わりがなかったなんて、そんなことはありえないだろう。

ましてや海外赴任中の二年間の様子など知りようもない。

掃除をしながら女の痕跡《こんせき》がないか探って、なにもないことにほっとしているくせに、海外に行っている間のことを想像して嫉妬《しっと》している。

(こんなの義妹としての感情じゃないよ……)

真尋は頭を軽く振って思考を止めると、キッチンに立って料理を始めた。

誕生日などを始めとする様々なイベントのたびに、巧は真尋の手料理を要求してきた。そのおかげで頼子に手ほどきされて、巧の好みは把握《はあく》済みだ。こうして彼の好む献立を考えて料理している自分に気づくと、こういう部分でもずっと洗脳されてきたのかもしれないと思う。

(なにもかも巧くんの掌《てのひら》の上で転がされてきたのかな)

他の男と恋愛しようと思ったって、どうしても巧と比べてしまう。

あたりまえのように部屋を片づけて、好みの料理もたくさん覚えた。

湯浅家にふさわしい娘であろうと、高遠家のサロンにも通って、社交マナーを始めとするあらゆる習い事をかじった。

無意識とはいえ、いつか巧の隣に立ちたかったのだろうか。

湯浅家の娘としてではなく、彼のそばにいるために今まで努力してきたのだろうか。

自分のことなのに、真尋にはよくわからない。

これからどうすればいいのかも、どうなっていくのかも――

＊　＊　＊

仕事から帰って部屋着に着替えた巧は、テーブルに並べられている料理を見て目を細めた。

いつになったら会えるのかと散々催促して、これ以上引き延ばされそうならば、彼女の部屋に突撃も辞さないつもりだった。

ようやく連絡がきて、会う約束をとりつけると、なぜか彼女が部屋に来ると言ってくれた。

いつも真っ暗な部屋には明かりが灯《とも》り、雑然としていた部屋は綺麗《きれい》に片づけられ、なおかつ、テーブルには温かな家庭料理が並んでいる。

あまりにも自分に都合のいい展開に、むしろ真尋へ疑いの眼差しを向けそうになってこらえた。

あの日、体調不良のどさくさに紛れて、はっきりと言葉にして彼女に気持ちを伝えた。真尋は真尋で、濁してはいたものの『特別』だと泣きながら言ってくれた。

そうやって、なんとなく気持ちを伝え合った日以来の逢瀬《おうせ》なのだ。

今日のような状況、義兄妹の頃だったら『おまえ、なんか欲しいものでもあるの？』と聞いていたかもしれない。

「巧くん、なんでそんな複雑な表情しているの？　ここは普通『わぁ、すごいおいしそう』とか『部屋を綺麗《きれい》にしてくれてありがとう』とか、感謝の気持ちを発するべきだと思うけど」

「あ、いや。ここまで甲斐甲斐《かいがい》しくされると、むしろ胡散臭《うさんくさ》いというか……あ、いや助かった。それに――」

巧は椅子に座って、もう一度テーブルの上を見る。

ランチョンマットなんて久しく出していなかったけれど、この部屋にあったものだろうか。

彩り豊かなサラダに、具だくさんの味噌汁、メインはチキンソテーで、ひじきの煮物もある。ご飯だって具材がなにかは食べてみないとわからないが、炊き込みご飯のようだ。

「おまえが全部作ったの？」

「失礼ね！」

「いや悪い。でもここまで料理できたか？」

「巧くんがいない間、頼子さんにいろいろ教えてもらったの。おかげで一人暮らししても困っていません」

いただきます、と手を合わせて、巧はまず味噌汁を口にした。体に馴染《なじ》んだ湯浅家の味にほっとする。

母親を亡くしてから、巧にとっての家庭料理はお手伝いの頼子が作るものだった。結婚後も仕事を続けていた千遥はほとんど料理をしなかったし(苦手でもあったらしいが)、一人暮らしを始めた巧の冷蔵庫に手作りの総菜《そうざい》を入れてくれていたのも頼子だ。

その味を、真尋が受け継いでいる。

「頼子さんと同じ味だ……うまいよ、真尋」

「そう、よかった。頑張った甲斐があったな」

ふわりと真尋がほほ笑む。それは家族だった頃に見せていたやわらかな表情だ。

海外赴任から実家に戻った時、そこには頼子はいなかった。頼子の紹介で別のお手伝いが湯浅家にはいた。

真尋もいない、頼子もいない。父も千遥も忙しくて時間帯が合わない。

実家は巧にとって、積極的に帰りたい場所ではなくなっている。

だから仕事が忙しくて自分のことに手が回らなくなっても、帰ろうとは思わなかった。

むしろ真尋がいない喪失感を痛感するだけだからだ。

このマンションに新しいお手伝いを入れないのも同じ理由だ。

頼子以外の他人に世話をされたいとは思えなかった。

なにより、日本に帰ってきたら、ここには真尋と一緒に住むつもりだったのだから。

ひじきの煮物は薄味で、チキンソテーにはトマトとバジルのソースがかかっていた。

炊き込みご飯は巧の一番好きな具材で、どれもこれもが記憶にあるものと変わらない。

結婚すれば、こうして一緒にいられる。

帰ってくれれば彼女がいて、清潔な部屋でおいしい料理が味わえる。もちろん仕事を続けている間はそうできない日もあるだろう。そういう時は、彼女と相談して新たにハウスキーパーでも雇えばいい。

どんな女といても想像しない未来を、真尋と一緒にいれば容易に思い浮かべてしまう。

そんな自分に内心苦笑しつつ、巧は食欲を満たしていく。

そのうちに湧き上がってくるのは、長い間抑えつけていたもうひとつの欲望。

彼女からの『マンションに行く』というメッセージを見た時、正直、その奥の意図を読めなかった。

義理の兄妹だったからという気安さから油断しているのか、気持ちを告げたのに異性として見られていないのか、もしくは男への警戒心が薄いのか、いろいろ考えた。

一人暮らしの男の部屋に来ることの意味——そこにつけこむのは卑怯《ひきょう》かもしれなくても、やはり期待する。

だからあえて『だったら泊まる準備をしてこい』と返した。

もしそれで巧の欲を感じて『やっぱり外で会おう』と返事がくれば、残念だけれど警戒してくれたことに安堵《あんど》もしただろう。

しかし結果はこうして、彼女と一緒に自分のマンションで夕食をとっている。

真尋はもう高校生じゃない。そして未成年でもない。

父との約束も守ってきたし、数年かけて何度も真剣に自問自答して出してきた答えだ。

自分が抱えるリスク。同時に彼女が抱えるリスク。

義理の兄妹だった事実は変わることがない。

そのことで真尋に背徳感や負い目を感じさせるかもしれないことも、精神的負担も考えてきた。

それでも巧は求めているのだ。

今、巧の中で最後の禁忌事項だった『義理の妹』という要素さえ消えた。

食後、食器洗いの手伝いを申し出た巧に「お手伝いはまた今度お願いするね」と断った真尋をキッチンに残して、巧はシャワーを浴びにバスルームに逃げ込んで、抱えた欲を吐き出した。

＊　＊　＊

「シャワーを浴びてくる」と言った巧に「お風呂掃除してないけど……」と言うと「俺はいつもシャワーだけだ」と答えられて、真尋は思わず不満げな表情をしてしまった。

真尋はお風呂に浸かるのが好きなので、どんなに疲れていてもお湯を溜めて入る。

夜勤明けの午前中に入るお風呂なんて最高だ。

自室のバスルームには換気用の小さな窓があって、そこから漏れる自然光の中での入浴も夜とは違った雰囲気でお気に入りなのだ。

巧は真尋の不満をすぐ察知したようで「風呂は掃除してお湯を溜めといてやる」と言ってくれた。

相変わらずの俺様口調だけど、掃除をしてくれるのはありがたい。

真尋はシンクまで綺麗《きれい》に磨き終えると、布巾《ふきん》を広げて干した。

料理を作っている時も思ったけれど、やはり大きなキッチンは使いやすい。自分の部屋で不満をあげるとすればキッチンが狭いことだ。

まあ、この部屋の様子を見ていると、宝の持ち腐れだけど。

この部屋には頼子と一緒に訪れたことはあっても、当然ながら泊まったことはない。

部屋に行くとメッセージを送った時に、巧からはいろいろな要求事項が返ってきた。

夕食を作ってくれるなら助かるだとか、ついでに片づけもしておいてだとか、シーツを洗っておけだとか。

その最後に『泊まる準備をしてこい』とあるのを見て少し動揺した。

男性の性については職業柄、一般の女性より知識はあるはずだ。実習中には清拭《せいしき》や入浴の補助も経験した。

しかし、当然ながら真尋は交際経験も性経験もない。

元義理の兄とはいえ、今では赤の他人、そのうえ好意をもっている間柄だ。

男性の部屋を訪れることの意味を、真尋だって考えた。だからそんな命令などなくても、嗜《たしな》みとしてお泊まりセットは持っていくつもりだったのだ。無駄になるならなっていい、それぐらいの気持ちだと言い聞かせて用意した。

今夜、そういうことをする可能性はあるのか。こうして実際に巧のマンションにいる今でさえ、真尋はどこか現実味がない。

義理の兄妹という関係であれば、家族としてふるまうことができた。

でもそれを解消した今、どうふるまうのが正解なのかわからないのだ。

初めての経験への恐怖もある。

巧との関係が変わることへの怯《おび》えもある。

同時に――誰よりも彼のそばに近づいて、自分だけが知ることのできる彼を知りたいと思う。

兄としてではない男としての巧を感じたい、そういう欲も仄《ほの》かにあるのだ。

キスをしたあの時に、真尋の世界は塗り替えられてしまった。

激しいキスを与えられた時に、自分の中に生まれた欲を知った。

『好きだ』とはっきりと言葉にされたことで、抑え込んでいた感情を引き出された。

「真尋」

「はいっ！」

唐突に名前を呼ばれて、真尋は動揺を隠せなかった。

振り返れば、短パンとカットソー姿の巧が訝《いぶか》しげに見ている。

湿った髪はぼさぼさで、格好だってラフなのに、いつも襟《えり》で隠れている首元が見えるのとか、膝下のラインだとかが男っぽくて緊張した。

「風呂、もうすぐ溜まる。準備して入れば？」

「うん。ありがとう」

「……しっかり温まって来い」

「うん」

（大丈夫……覚悟してきたもん）

こっそり気合いを入れる。

「真尋」

「ん？」

もう一度名前を呼ばれて、真尋は巧を見た。巧はどこか腑《ふ》に落ちない表情で少しの間、真尋をじっと見ていた。

「どうかした？　巧くん」

「……いや、なんでもない」

ため息をついた巧は冷蔵庫へと向かっていった。

真尋も荷物を準備すると、バスルームへ直行する。ちょうどお風呂が沸いたのを知らせるメロディが流れた。

バスルームには巧が使用したシャンプーかボディーソープだかの香りが漂っている。

一緒に暮らしていた時は個室にバスルームがついていたので、誰かの入ったあとに足を踏み入れることなどなかった。改めて義父の心遣いには頭が下がる。

見るからに高そうなボトルが並んでいて「こういうの使っていたんだな」と初めて知っ

た。少しドキドキしながら自分も巧のものを使ってみようかと思ったけれど、恥《は》ずかしくなって真尋は持参したボトル類を使用する。

鏡越しに自分の体のラインを見る。

痩せてもいなければ太ってもいない。

胸の大きさは物足りないかもしれないけれど、形は綺麗《きれい》だと思う。

ただ色気は皆無《かいむ》だ。

今夜そういう雰囲気になったとして、果たして真尋の裸を見た巧はどう思うだろうか。

初対面で『女子中学生に手を出すほど困っていない』といったニュアンスのことを言われた時は安心した。

あの頃の自分は、きっと巧にとっては対象外だったはずだ。

それがどこで変わったのだろうか。

『妹にしない』という言葉の意味は、いつから彼の中で変化したのだろうか。

真尋は頭からシャワーを浴びて、気持ちを落ち着かせる。

だいたい、今夜いきなりそうなるとは限らない。

なにもないまま夜を過ごす可能性だってあるのだ。

自分だけがおろおろしていることがだんだん腹立たしくなってきて、真尋は頬を両手でパチンと叩いた。

バスルームを出ると、パジャマ代わりのロングワンピースを着る。

ドライヤーで髪を乾かしたあと、戸惑いつつリビングに向かうと人の気配がなかった。

冷蔵庫から出したペットボトルの麦茶を飲んで喉を潤《うるお》していると、巧がノートパソコンを手にして戻ってくる。

見ればリビングのセンターテーブルには、いつのまにかファイルや書類が散らばっている。

「巧くん、今からまだ仕事？」

「ああ、少し片づけたいものがある。おまえは気にせず先に休んでいい」

ほんの少し声に棘《とげ》がある気がして、真尋は首をかしげた。

「ベッドのシーツは換えてくれたんだろう？　俺のベッドを使って構わないから」

巧は真尋を見ることなくソファに座ると、パソコンを開いて操作を始めた。

よくよく見れば、大きなソファの端には枕やブランケットが無造作に置いてある。

「巧くんは……どこで寝るの？」

「……しばらく仕事する。疲れたらソファで横になる。おまえは気にしなくていい」

寝室のベッドは真尋に提供し、彼自身はソファで眠るつもりなのだとすぐに気づいた。

『泊まる準備をしてこい』と命じたのは彼だ。

だから真尋はその時点で、いろんな覚悟をした。

男性の部屋に泊まるなんて初めての経験だから、なにを準備すればいいか随分悩んで、インターネットで調べもした。

(本当にただ泊まらせるだけだった？　そういうつもりは一切なかった？)

シーツを洗濯させたのは、ただの配慮だったのだろうか。

真尋の動揺をよそに、単調なキーボードの音が響く。

仕事が残っているのであれば、邪魔をするわけにはいかない。巧が元から別々に寝るつもりだったならそれに従えばいい。

「わかった。じゃあ先に寝るね」そう言って逃げればいいのに、真尋の足はまるで床にくっついたかのように動かない。

(なんで……なにもしなくていいの？　それとも私が空回りしていただけ？)

あのキスはなんだった？

あの告白はなんだった？

熱にうなされて吐いただけの言葉で、時間が経って落ち着いたら、もしかして後悔したの？

無機質なキーボードの音と自分の鼓動の音とが不協和音を起こし、真尋は息苦しくなる。

ぐるぐると世界が回っているかのような浮遊感に流されながら、真尋はふらふらと巧のそばへと近づいていった。

巧は真尋の存在に気づいていないのか、無視しているのか、パソコンから顔を上げることもない。

「巧くん」

「なんだ?」

「巧、くん」

顔を上げずに生返事をする巧に、真尋はやや強い口調で名前を呼んだ。

「だからなに?」

巧もまた、仕事の邪魔をされた不快さを声音に滲《にじ》ませている。

「私がここで寝る。巧くんは自分のベッドで寝てよ。仕事も部屋ですればいい」

そうだ。わざわざ荷物をリビングに運んでこなくても、いつもと同じように巧は自室で過ごせばいいのだ。

「いいって。おまえが使え」

「嫌っ」

「はあ?」

ようやく顔を上げた巧と目が合った。苛立った眼差しは一瞬で消え、巧は大きく目を見開いたあと、ふたたび視線をそらす。

「……なんで、泣く」

「泣いてない！　巧くんのベッドなんて使いたくない。私がここで寝る。だから片づけて！」

「真尋！」

「巧くんがなに考えているのかわかんない！」

ずっと緊張していた。いつもと同じようにふるまおうと張っていた気がここで一気に緩んで、真尋は自分がなにに苛立って怒っているのかわからなかった。

ただ涙が勝手に出てきて、乱暴に手で拭う。

センターテーブルに広がっていた書類をまとめようとすると、その手を巧が掴《つか》んだ。

「真尋！」

「私……私なりにいろいろ考えたのに、悩んだのにっ！」

ああ、怒っているんじゃない。傷ついているんだ、と思った。

不安だったのにどこか期待もしていて、でも戸惑っていて、そして思い通りにならなくて。

「覚悟だってしてきたのに！」

「なんの覚悟だよ!!」

真尋の叫びに重なるようにして、巧の大きな怒鳴り声が響いた。

真尋の腕を掴《つか》む手にわずかに力が込められて、引きつけられるように巧を見た。

そこには、見たこともない——いや、久しぶりに再会した時と同じ、苛立ちと怒りを抱えつつどこか沈痛な面持ちの巧の目があって息を呑む。

「おまえがしたのは——なんの覚悟？」

熱のこもったそれとは裏腹の、抑揚《よくよう》のない声音だった。

なんの覚悟か？

そんなのは決まっている。

巧の様子に戸惑いながらも真尋は心の内で発する。

「俺に抱かれる覚悟でもしてきた？」

掴《つか》んでいた腕をひっぱられて、巧との距離が近づいた。空いた手が伸びて、真尋の髪に触れてくる。

「そう、だよ。私は……巧くんに」

「俺と一緒に生きていく覚悟はできていないくせに？」

真尋は反射的に小さく震えた。目をそらしたいのにそらせない。

うしろめたいことを暴かれたみたいに体が固まる。

「なんでいきなり俺の部屋へ来ることにした？　俺ははっきりと言葉にしておまえに気持ちを伝えた。そういう男の部屋に来ることの意味をおまえは考えたか？」

「……考えたよ、考えたもの！」

「俺とセックスしてそこから先は？　俺にリスクを抱えさせるのが怖いって泣いていたのに……その不安は解消できたのか？　だったら父さんや千遥さんに俺たちの関係を話そう。湯浅家にも報告して、すぐにでも婚約して公《おおやけ》にする」

真尋は反射的に首を左右に振った。

巧はそれを許さないかのように、両手で真尋の頬を包む。覗《のぞ》き込む目は、真尋の怯《おび》えを見抜いて、やるせなく細められた。

「真尋、もう一度言う。俺はおまえが好きだ」

巧が向ける真摯《しんし》な眼差しは、彼の気持ちをまっすぐに真尋に伝えてきた。心が震えて、それが雫《しずく》となって真尋の頬へとこぼれていく。巧の指がすぐさまそれを拭った。

「おまえが二十歳になったらプロポーズをして、すぐさま結婚に持ち込むつもりだった。だから言っただろう？　『余計なことは考えずに俺の帰りを待っていろ』って」

『余計なことを考えやがって』、そんな文句が聞こえてくる気がした。

真尋が必死に閉じていた心の蓋《ふた》を強引にこじあけたのは巧のほうだ。

だから気づく羽目になった。

見ないふりをしていたいろんなものが見えてしまった。

だから余計なことを考えることになった。

「海外赴任のせいでそれは延びた。そしておまえはおまえで『余計なことを考えている』。俺はおまえと付き合いたいだけじゃない。結婚したいんだ。この先ずっと一緒に生きていきたいんだ。俺がほしいのはそういう『覚悟』だ」

――結婚なんて、真尋が一番考えたくなかったことだ。

男女としてのお付き合いはできるかもしれない。

互いの好意を明らかにしたのだから、真尋にだって欲は生まれた。

男としての巧をもっと知りたいと思った。欲しいと思った。

キスをして奥底の欲を自覚したから、キスから先の関係へ踏み込んでみたいと思った。

だからわかったうえで、一人暮らしの男の部屋へ行くことを決めたのだ。

でも、真尋がした覚悟はそこまでだ。

巧とセックスをするような関係になるだけであって、結婚することまではまだ考えられない。

社会人になったばかりだとか、若いからだとか、そういう理由ではなく――彼が湯浅巧で、自分が義理の妹だったから、だ。

「俺を好きになれ、真尋。周囲にどんな目で見られてもなにを言われても揺るがないぐらい、俺を好きになって欲しがれよ！」

（欲しいよ！）

心の中で叫んだ。

声にならなくて涙だけが落ちていく。

真尋の心の声が伝わりでもしたのか、巧がかき抱くように真尋を強く抱き寄せた。すぐさま背中に回された腕に力が込められる。真尋もまた、欲のおもむくまま巧を抱きしめた。

「真尋……」

絞り出すような切ない声音と裏腹に、真尋の震える肩をさする手は優しく動く。

「もう……歯止めが利かないんだ。一度でもおまえに触れれば、俺はおまえの意思などお構いなしに、自分の欲を優先させる」

そうして、巧は涙に濡れた真尋の眦《まなじり》に唇を落とした。

それは額《ひたい》に、こめかみに、頬に落ちていきながら、次の行く先を教える親指が真尋の唇に触れる。

「おまえには自分の意思で俺を選んでほしいのに、流されてほしいとも思うんだ。優しくしたいのに、大事にしたいのに、同じぐらいおまえを壊したい。ずっと矛盾を抱えて、これまで耐えてきたのに、もう我慢できない」

巧の目に熱が宿る。燻《くすぶ》る想いを秘めたそれは、真尋の心を揺さぶる。

「私だって……同じだよ」

瞬《まばた》きで涙を逃がして、真尋もまっすぐに巧を見た。

「私だってずっと矛盾を抱えてきた。今だって泣きたくない。逃げ出したい。怖い。でも同じぐらい、どうしようもなく巧くんが欲しいって思うの！」

『真尋、会いたい』、そのメッセージを見た時に反射的に抱いた感情。

『勇気さえ出せば、あなたの恋は叶うんだから』、そう結愛に言われた時、彼女のように幸せになりたいと思った。

『大切な人がいるなら、大切にしてあげてね』、入院中の女の子の言葉はずっと真尋の心に残っている。

「覚悟なんかできないよっ！　結婚だって望んでいいかわかんない。それでも巧くんのそばにいたいの！」

「妹だったから耐えられたんだ！　おまえが妹の立場にいる限り俺は兄としてふるまえた。おまえが覚悟を決めるまで待つつもりだった！　だけどおまえはもうっ!!」

「妹じゃないよ……巧くん」

巧が息を呑む。

「赤の他人だよ、巧くん」

再会した時と同じ言葉を真尋は告げる。同じなのに自分の中でいつのまにか意味が異なっているのに気づいた。

あの時は関わらないつもりで放った言葉だった。

今は、自分たちの間を阻《はば》むものがないのだと念を押すためのものになっている。

『赤の他人』になるつもりだったのに、本当はどこかで早く彼の『妹』という立場から離れたかっただけなのかもしれない。

巧もまた真尋の真意を悟ったのか、あの日の怒りの代わりのように、くやしさを露《あら》わにした。

少し乱暴に真尋の頭を支えると、その行為とは裏腹に、巧は優しく唇を押し当ててきた。やわらかくて温かなその感触が過去の記憶と重なる。

妹だったのにキスなんかするから、あの日から真尋の理性だって壊れ続けている。

（キスなんか……するから）

真尋は誘うように唇を開いた。すぐさま巧の舌が入り込んでくる。真尋の口内を探るように、味わうように忙しなく蠢《うごめ》く舌は、すぐに真尋の思考をうやむやにしてしまう。

真尋は必死に巧の舌の動きに応《こた》えた。

受け身ではなく、自《みずか》らもまた求めているのだと巧に伝わればいい。

互いの舌の感触を、唾液《だえき》の味を覚えるように深いキスをかわす。真尋の中に入ってくる巧の唾液《だえき》に、こうして体液を交わらせることの意味を知る。

汗も、涙も、唾液《だえき》も、そして精液も――男のありとあらゆる体液を味わえる特権。

「真尋――抵抗しろ」

淫《みだ》らにキスをしながら、往生際《おうじょうぎわ》悪く巧が逃げ道をつくる。

言葉とは裏腹にキスは深まって、抱きしめる手は強くなって、時折不埒《ふらち》な動きまです

るくせに。

「しない――巧くん、私初めてなの」

キスが途切れた隙にそう告げる。

「でも、優しくしないで」

真尋の言葉に巧は固まる。本気だという気持ちを込めて、じっと巧を見上げた。

欲の籠ったこの熱を余すことなく受け止めたい。

これまで耐え続けてきたのなら、抑え込んできたのなら、それら全部をぶつけてほしい。

義兄妹だった――落ち着かなくて、でも楽しくて、穏やかで、時々緊張して過ごしてきた――時間を塗り替えてしまうくらい。

義兄妹に戻りたいと思えなくなるぐらい。

これまでの二人の関係が壊れても後悔しないぐらい。

「――ばかが！」

今は覚悟なんかない。

でももしかしたら、巧と新たな関係を築くことで覚悟がもてるかもしれない。

巧はくやしげに顔を歪《ゆが》めながら真尋の膝裏に腕を添えた。抱き上げられた瞬間、真尋は咄嗟《とっさ》にしがみついてそのままぎゅっと力を込めた。

運ばれていく先から始まる未来が、どんな道になろうとも引き返すことはできないのだと、自《みずか》らに言い聞かせて。

＊＊＊

巧の頭の中では激しい警告音が鳴っていた。

理性を働かせろ、流されるなと言葉だけが流れていく。

真尋が換えた真っ白なシーツの上に彼女の体を下ろした時でさえ、このまま寝室を出るべきだとわかっていた。

巧には、父から課せられたいろんな制約があった。

同時に自《みずか》らが決めた枷《かせ》もあった。

高校生になったばかりの義理の妹に抱くべきではない欲に気づいた時から。

その欲がただの性欲であればよかったのに、恋情に変化したと認めた時から。

未成年の間は、『二十歳』になるまでは決して触れない。

言い換えれば、それを超えた時には遠慮することなく行動に起こすつもりだった。

それでも繊細な関係であることは事実だから、もう少し慎重に事を運ぶつもりだったのだ。外堀を確実に埋めて、彼女の憂《うれ》いをすべて取り除いて、彼女自身にもきちんと覚悟を決めてもらって、ゆっくりでも確実に自分のものにする。

逃げ出そうなんて思わないように――

だから、セックスなんてその先でよかったのだ。

婚約して結婚してからでも構わなかった。

これまでずっと待っていたのだ。多少時間が延びても耐える自信はあった。

課した枷《かせ》を破って『二十歳』直前にキスをした罰なのか。

日本に帰ってきた時、真尋はすでに逃げ出していて、巧の計画は狂った。

予想外の出来事に憤《いきどお》って、激しいキスをした時からもう調整は困難だったのかもしれない。

(触れれば止まらない。止められない。そんなのはわかっていたんだ!)

真尋の唇の感触を知った時から、欲が雪崩《なだれ》のように襲い掛かっている。

真尋を自分のベッドに寝かせて覆《おお》いかぶさりながらも、巧はためらいを捨て切れずにいた。

それに気づいたのか。

真尋は自分からワンピースのボタンをはずし始める。

彼女の細い指先がボタンをはずし、その下の露《あら》わになっていく肌から目をそらせなかった。

鎖骨《さこつ》の下の淡い膨らみは、徐々にやわらかさを増して谷間をつくる。

白い肌を包むのは同じ白いブラ。けれど、繊細なレースが描くデザインはいやらしさを醸《かも》し出す。

女にしか見えなかったから、妹として見るように意識してきた。

妹だとは思えないのに、妹扱いするしかなかった。

そのせいか背徳感が拭えない。

挑発的な行為をしているくせに、ボタンをすべてはずし終えた真尋は、羞恥《しゅうち》と戸惑いをその表情に出す。情欲をかきたてるアンバランスさに、巧は舌打ちしたくなった。

「おまえを抱くなら、優しくしたかった」

真尋の背中を浮かせると、巧はワンピースを肩から落とす。そのままブラのホックもはずした。狼狽《ろうばい》しながらも真尋は抵抗しない。

「おまえの裸を見て、触って、舐《な》めて、いやらしい声を聞きたかった」

下着に手をかけると一気に引き下ろす。真尋は一瞬体を隠しかけて、けれどそうはしなかった。

「巧くん、も、脱いでよ」

震える声で真尋が命じてくる。

羞恥《しゅうち》に耐える彼女が、かわいくてたまらない。

愛しくてたまらない。

だから巧は願い通りにした。

「ぐちゃぐちゃに乱して、イかせて、よがらせて、気持ちよくしたかったのに」

「巧くんの変態……」

「おまえに触れるのが怖い」

真尋に伸ばした手は、自分でもわかるほど震えていた。彼女に覚悟を求めながら、そして自分でも覚悟を決めて生きてきたのに。

目の前に掲げた手は、みっともなく震えている。

「私が……妹、だったから？」

「そう、かもな」

「妹にしないって言っていたくせに」

「妹として見たことなんか一度もない。だからあえて妹として扱ってきたのに……」

真尋の手が伸びて、巧の震える手を両手で包み込んだ。自分と同じように震えているのに、そこから温かな体温が優しく伝わってくる。

「怖いのは私も同じだよ」

「真尋」

「巧くんの望むような覚悟なんかまだ持てないけど……それでも今、この怖さを巧くんと一緒に乗り越えていきたい。これからもきっと、そうやってひとつずつ乗り越えていけるんだと思う。巧くんと一緒なら」

真尋の手に導《みちび》かれるようにして、巧は再度彼女の上に覆《おお》いかぶさる。

濡れた目の奥に赦《ゆる》しのようなものが見えた気がした。

「巧くんが……好きだよ」

紡がれた言葉を繰り返し聞きたいと思いながら、

「俺は愛している」

そう言って唇を塞《ふさ》いだ。

何度も想像してきた。

真尋への好意を認めて、以降どんな女も意味がなくなって、それでも性欲は湧き上がる。

そんな時、うしろめたさを抱えながらも、彼女を想像して何度となく汚してきた。

今、想像ではなく現実に真尋の裸を目にして、その素肌に触れて、味わっていくにつれて、過去の妄想が塗り替えられていく。

最初はおずおずと応じていた舌は、巧に合わせて動き始める。無味のはずの唾液《だえき》がなぜか甘く感じられて、巧はキスをかわしながらそれを啜《すす》った。

同時に真尋の喉が小さく鳴るたびに、自《みずか》らの唾液《だえき》も注《そそ》いでいく。

唇の周囲は濡れて、時折いやらしい音をたてる。

惜しみつつ唇を離せば、普段絶対に見ることのない真尋のとろんとした表情が目に入った。

「真尋、キス好き？」

「わかんない。でも、気持ちいい、よ」

真尋の頬に手を添えて、巧はふたたび唇を塞《ふさ》いだ。今度は真尋の舌を自分の口内に引き入れて絡める。同時に首筋から肩、腕へと手をすべらせた。

滑《なめ》らかな肌の感触を掌《てのひら》に覚えこませるように幾度《いくど》も行き来する。時折、腰骨から背中へも伸ばしながら、真尋の体が小さく震える箇所を探っていった。

華奢《きゃしゃ》で細い肢体《したい》は、少しでも力加減を間違えたら壊れてしまいそうだ。

それなのに真尋もまた、巧の手の動きを真似て体に触れてきた。

細い指先がくすぐったい。

「真尋、俺が先だ」

彼女の手を掴《つか》まえて、指を絡めて繋いだ。顎《あご》から首、鎖骨《さこつ》へと唇を寄せていく。やわらかな膨らみに到達した時、巧は舌を伸ばしてそっと舐《な》めた。

「ん、んっ」

小さく真尋が声をあげる。

膨らみのふもとをゆっくりと舐《な》める。きめ細かい肌は雪のようで、こうしていると溶けてしまいそうな気がした。

控えめだった先端が少しずつ色づいてたちあがる。

そっと両手で持ち上げて優しく揺らした。弾力のあるそれはいやらしく震えて、巧の手の中で形を変えていく。

「巧くんっ！」

真尋の腕がそれを覆《おお》い隠す前に、唇でそっと吸い付く。舐《な》めてほしいと言いたげにぷっくりと膨らんだそれは、すぐに巧の口内におさまった。

舐《な》めて、揺らして、弾《はじ》いて吸いつく。

少し強めに胸を掴《つか》むと、そこはさらに存在を主張して、巧はむさぼるように唾液《だえき》を塗《まぶ》しては吸いあげた。

「ひゃっ……あんっ」

真尋の高い喘《あえ》ぎ声は、巧の熱を中心に集めてくる。

普段は生意気な言葉ばかり吐くそこから、想像もしなかった甘い声が漏れて、彼女が女だと実感する。

「そこっ、やっ……たくみ、くんっ」

「嫌じゃないだろう？　すげー気持ちよさそう」

真尋の胸を優しく揉んでは、その先端を少し強めに食《は》んだ。舌で転がせば、真尋は小さく声をあげて体を跳ねさせる。

「舐《な》められるのと、転がされるの、どっちがいい？」

「やっ、ばかっ、そういうの聞かないで！」

「じゃあ、指と舌どっちがいい？」

片方の胸はきゅっと指先で挟んだあと、上下に弾《はじ》いた。もう片方は舌でなぶっていく。

真尋は頬を薄紅色《うすべにいろ》に染めて首を横に振る。ふわりとした髪が汗で顔に張り付いて、巧はそれをよけながらキスで唇を塞《ふさ》いだ。

どんな表情をするのか。

どんな声をあげるのか。

どんなふうに乱れるのか。

想像よりも、いやらしくて淫《みだ》らでかわいくてたまらない。

初めて見かけた中学校の制服姿。そして顔合わせの時の、シンプルなワンピース姿。

皇華の制服に身を包んだ時。背中で揺れる長い髪に手を伸ばした時。

自分が知っている真尋の姿が浮かんでは消えて、そして目の前の彼女に重なっていく。

幼い頃の面影を残しながらも、大人になった彼女。

全裸にした時の恐怖など消えて、今はただ欲しかったものを貪欲《どんよく》に味わいたい。

「真尋、全部見せて」

「巧くん……」

「いやらしく声をあげて、俺の腕の中で乱れて、恥《は》ずかしい格好して、全部さらけだして」

ずっとずっと欲しかった女《ひと》。

「おまえのすべてが欲しい」

真尋が泣き出しそうに表情を歪《ゆが》めたあと、小さく睨《にら》んできた。

「ばかっ、巧くんだけなんだからね！　巧くんだから全部あげるんだからね！　返品は不可だよっ」

「壊れたって返品しない。ずっと大事にする」

巧はそう言うと、真尋の足首を掴《つか》んで秘められた場所を暴いた。

いまだ固く閉じられたそこは、先ほどまでの愛撫の余韻《よいん》など一切見えなかった。指で触れるのはためらわれて、巧はそっと顔を寄せる。

真尋の脚が一瞬強張《こわば》ったけれど、太ももの裏を押さえて抵抗を防いだ。

「巧、くんっ。いやっ、見ないで」

「俺だけが見られる場所だ。大丈夫、かわいいよ」

「恥《は》ずかしいのっ……やだっ、やなのっ」

「最初だけだ。おまえの羞恥《しゅうち》はすぐに消してやる」

「横暴《おうぼう》！　ばかっ、変態っ」

「なんとでも」

ふっと息を吹いて、巧はそっと閉じていた場所を指で開いた。とろりと蜜がこぼれてきて、少しは感じてくれていたことにほっとする。

けれどその上にあるはずの敏感な部分はまだ隠れていて、巧はそれを探すべく舌を伸ばした。

唾液《だえき》を溜めて、ふわりとくるむ。そっと舐《な》めていくと、少しずつ存在を感じさせるものがあって、巧は優しく誘い出す。

「あっ……んっ、やっ」

下の口からは少しずつ蜜がこぼれているようで、巧はそれを啜《すす》った。瞬間、真尋の腰が大きく跳ねる。

「やっ、汚いっ」

「汚くないから大丈夫」

安心させるように短く告げて、巧はその部分を大きく舌で舐《な》め回した。穴の周囲のひそやかな花びらも、浅い溝《みぞ》も、彼女を構成する部分すべてに口づけていく。

キスのように彼女から伸ばされる舌はなくとも、伝ってくる蜜も、膨らんでくる場所も巧を誘惑する。

真尋の声が断続的にあがるにつれて、強張《こわば》っていた下肢からも力が抜けていった。自分の塗《まぶ》した唾液《だえき》と、彼女の蜜が混ざり合って、その部分を卑猥《ひわい》にてからせた。

花が開いていくようだ、と思った。

少しずつ色づいて、花びら一枚一枚がゆっくりと開いていく。隠れているおしべやめしべが姿を見せ、甘い香りと蜜が満ちていく。

巧自身も痛いくらい張りつめていた。先走りの液がさっきから伝っている。

わずかな刺激で爆発しそうになるのに耐えて、ただ今は初めての痛みをできるだけ軽減させるべく、彼女を解《ほぐ》すことに集中する。

ようやくそれが視界に現れて、巧はそこでやっと滴《したた》り落ちる源《みなもと》に指を沈めた。

一瞬あまりの狭さに不安になる。

けれど、最初こそ閉じていたそこは、指を出し入れするごとにやわらかくなっていった。時折蜜を塗《まぶ》しては、小さく飛び出してきた粒を舐《な》め、そしてゆっくりと指を動かす。

舌と指とでかわいがるごとに、その中は熱くうねりを持って蠢《うごめ》く。蜜の音もはっきりしてきて、巧はさらに音がたつようにかきまぜた。

「あんっ……んっ……ひゃっ」

「真尋、力抜け」

「やんっ、あんっ……だって、怖いっ」

「素直に刺激を受け取れ。強引にしたくない」

「充分、強引っ！」

真尋の減らず口を聞いて巧は苦笑した。それが彼女の強がりなのは、すぐに甘い声に変化したことでわかる。

痛みがないように気をつけながら彼女の中を探った。

触れたくても触れられなくて、見たくても見られなかった場所。

そこを視界におさめて、なおかつ触れて舐《な》めている現実は、巧の興奮を否応《いやおう》なしに高めていく。鈍いながらも反応が少しずつ返ってきて、巧はことさら彼女が声を漏らす場所を重点的に攻めた。

「ひゃっ……あ、あんっ……んんっ」

ざらついた内壁をこすりあげて、膨らんできた芽を舌でゆっくりと転がす。真尋の下肢がぴんっとつっぱってきて全身に力が入った。

絶頂が近いことを感じつつ、あえてゆっくりと引き上げていく。いつかは強引に無理やりにでも快感に導《みちび》いて乱すのもいいけれど、今は初めてのそれを優しく与えたい。

一際《ひときわ》、高く細い声が耳に響く。

がくがくと腰が揺れるのを緩く押さえて、巧は真尋が達するのを待った。

＊　＊　＊

一時《いっとき》とはいえ、家族として暮らした男に素肌をさらすのは抵抗があったのに、初めての快感を得た体はだらしなく男の前にさらけだされている。

真尋は、いつのまにか浮かんでいた涙を拭った。肉体が得る快不快の中でも、セックスによる刺激は、今まで知らなかった未知の感覚だ。

それなのに、今の真尋はその感覚を心地よく思っていて、なおかつ、もっと感じてみたいという欲まで抱いている。

「真尋」

「ん」

達した真尋から離れてなにやらしていたらしい巧が、真尋の顔を覗《のぞ》き込む。

どこか苦痛に耐えているようなその表情にさえ色気を感じて胸が騒ぐのと、巧が軽く触れた場所から痺《しび》れが走ったのは同時だった。

そして自分の大事な場所に接しているモノに気づいて、反射的に体が強張《こわば》る。

「いれるぞ」

「……うん」

まるで最後の確認をするかのように聞いたくせに、すぐさま巧は真尋の中に入ってきた。

「いっ……たいっ」

「悪い。でも耐えろ」

逃げかけた腰を両手で掴《つか》んで、巧は迷うことなく一気に突き進んできた。もう一度叫びそうになって、唇を噛んで耐える。

痛いのか苦しいのかわからないけれど、ただ自分の体の中に異物が挿入された感覚だけはわかった。

巧の楔《くさび》が自分の中に埋め込まれている。

「入った。大丈夫か？」

「わか、んない」

「息吐いて、力抜け」

巧の言葉に従って真尋は、ふっと息を吐く。体から力が抜けた瞬間、巧の唇が唇に押し当てられて真尋は彼の舌を素直に受け入れた。

いつのまにか、舌を絡め唾液《だえき》を呑み合うキスに慣らされて、それはとても気持ちのいい行為としてインプットされてしまった。

キスに夢中になっていれば、痛みがやわらいでいく気がする。

なによりも、口と膣の両方で巧を受け入れられたことが、こうして繋がれたことが嬉しいと思う。

(ずっと、欲しかったんだ)

いつからかはわからないけど、きっといつのまにか自分は巧を欲しがっていた。

特別にかわいがってくれる義理の兄。

たくさんの好意を他人から向けられてきたくせに、彼の好意はすべて真尋に向けられていた。

兄としてなのか、男としてなのかはっきりとはしなくても、それでも自分が彼にとって特別な存在であったことは、真尋にとって嬉しいことだった。

急激に愛しさが湧き上がってきて、巧の首のうしろに手を回した。

軽く舌を噛まれたかと思えば、離れた唇から深いため息が漏れる。

「おまえはっ、俺がどれだけ耐えているると思っているんだ!」

「え?」

「痛みは?　治まったか?」

「……わかんない」

「大丈夫そうなら、動くぞ」

ゆっくりとした動きで腰をひかれて、少しだけ痛みを感じた。巧は真尋の表情を見ながら、注意深く動いてくれる。

最初はあった鈍い痛みは、真尋の中が潤《うるお》っていくごとにやわらいでいく。

緊張を解くと、巧の腰の動きに合わせて卑猥《ひわい》な水音が耳に入ってきた。

見れば、巧は眉根を寄せて苦しそうだ。汗がぽたりと雨粒のように落ちてきた。

「巧くんっ、苦しい？」

「苦しい。今にも出そうで……でも、もう少しおまえを味わいたいし葛藤《かっとう》している。おまえは？」

「大丈夫……痛みはないよ」

「そっか、よかった」

真尋は巧の額《ひたい》に張り付いた前髪をそっとよけた。

「真尋、悪い。もう限界」

「うん」

「次は気持ちよくしてやる」

「……うん」

「おまえの中に出すからっ！」

「うん」

巧が真尋を抱きしめてくる。速まる腰の動きに体を揺さぶられながら、真尋はその体の重みと感触と体温とを全身で感じ取った。

気持ちいいとか悪いとか、今はまだわからない。

ただ巧が自分の体の中に入って、そして聞いたこともない声を漏らして、見たことのない表情をして真尋を求めている。

それは真尋を穏やかな快楽へと導《みちび》いていく。

「真尋！　愛している」

耳元で、かすれた声で小さく漏らした言葉は、真尋の耳にきちんと届いた。

「私も」と答える代わりに巧をぎゅっと抱きしめて、巧が自分の中で放つまでの時間を堪能した。

＊＊＊

目を覚ました時、真尋は一瞬自分がどこにいるのかわからなかった。

見知らぬ天井に見覚えのないインテリア。

どことなく男っぽい部屋だなと感じて体を起こした時、鈍い痛みが襲ってきて思い出した。

「そっか、私……」

とうとうというか、ようやくというのか、いろいろあがいてきたのに結局抗《あらが》えなくて、元義理の兄とセックスをした。

いや、違う。

『義理の兄』が『赤の他人』になったから歯止めが利かなくなったのだと、今さらながら自覚する。

『赤の他人』になったのは、これ以上関わりを持たずに適度な距離を保ちながら、いずれは彼から離れていければいいと思ったからなのに。

（意思が弱いっていうか、やっぱり無駄なことしているっていうか）

好きになってはいけないと思えば思うほど好きになるジレンマ。

真尋はずっとそれを抱えたまま、けれどあえて見ないふりをして、気持ちを誤魔化してきた。

同じように慎重に、けれど思わせぶりに動いていた巧が、帰国してきた途端、まっすぐ向かってきたりするから勢いにのまれた。

いや、巧に勝てる気はしないから、無駄に抗《あらが》っただけなのかもしれない。

心の奥底に隠していた本音を自覚してしまえば、抑える術《すべ》も失った。

「真尋？　起きたのか？」

おざなりに軽くノックをして、返事も聞かずに巧はドアを開けて入ってきた。

カットソーにジーンズのカジュアルな格好だけれど、すっかり身支度を整えて落ち着いている様子に少しむっとする。

さすがに裸ではないけれど、こちらはパジャマ代わりのロングワンピース姿だし、寝起きだし、ノーメイクだ。

それにいまだ全身に、巧に愛撫された感覚が残っている気がする。

真尋の戸惑いなどお構いなしに、巧はベッドに腰掛けて真尋に手を伸ばしてきた。

「体調は？　体つらくないか？」

真尋の髪に触れながら、優しく頭を撫《な》でて顔を覗《のぞ》き込まれて、真尋は小さく「大丈夫」と返事をした。

恥《は》ずかしくてたまらないけれど、恥《は》ずかしがっていることを見破られるのが嫌で目をそらしてしまう。

なにより、なんだかいつもの巧と違って見えるのだ。

「真尋」

名前を呼ぶ声が甘いと感じてしまう。

触れる指先が優しいと思う。

彼の気遣いに気づいてしまう。

それは昨夜の巧が、そんなふうに真尋を抱いたせいだ。

甘い声と、優しい指先と、気遣う言葉を散々浴びせてきて、真尋に教え込んだせいだ。

「真尋」

少し強い口調で名前を呼んで、巧が真尋の両頬をつまんできた。

「なに⁉」

「そういう顔するな」

「この顔は生まれつきですけど！」

巧の手はすぐに離れたし、つままれた痛みなんてわずかだったけれど、真尋は頬を両手で覆《おお》った。

「本当におまえは……口ではひねくれたことばっかり言う割に、表情に出すぎなんだよ」

そう言うなり、今度は後頭部を掴《つか》まれて、真尋の唇はあっというまに巧に塞《ふさ》がれてしまった。

この流れでどうしていきなりキスになったのか混乱したものの、真尋は素直に口を開けて、激しく舌を絡めた。

巧に合わせて反射的に動いてしまうのは、短時間で躾《しつ》けられたせい。

鼻で息をして彼から流し込まれる唾液《だえき》を呑むと、渇きが和《やわ》らいでいく。

ベッドにふたたび押し倒された時、さすがに危機感を覚えて真尋は巧の胸を押した。

幸い、すんなり彼はキスを終えてくれたけれど、自身の口の端からこぼれかけた唾液《だえき》を拭うように舌を出して舐《な》める姿がいやらしくて、体の奥が疼《うず》く。

「あ、朝だよ」

「知っている」

「朝から……こんなのは」

「俺は朝でも昼でも夜でも、ついでにどこでもおまえにキスしたいけど。だいたい誘ったのはおまえだし」

「誘ってないし！」

なんとなくさっきのキスで唇の周囲が濡れている気がして、真尋は手で拭う。

「そうだよな。おまえはいつも無意識だった。俺がずっとどんな目でおまえを見ていたかなんて、これっぽっちも想像してなさそうだったもんな」

巧は呆《あき》れたように言いつつも、やはり真尋に手を伸ばしてきて抱きしめる。

今までならあったはずのわずかな距離は、たった一夜のセックスでゼロになった。

それに、巧がどことなく不安げに眼差しを揺らすから、真尋もつい背中に手を回してしまう。

「真尋、やっぱり結婚しよう」

どこがどう繋がって「やっぱり」なのか、真尋にはちっともわからない。

巷《ちまた》では「交際ゼロ日婚」なんてものが存在するらしいけれど、自分がするとなると話は別だ。

それでも巧の口から「結婚」という単語がはっきり出たことには、素直に感激してしまう。

同時に、そんな未来を実は自分も望んでいたのだと思い知らされた。

「いきなりだね」

「いきなりじゃない。俺はおまえが二十歳になったら結婚するつもりだった。仕事のせいで延びただけで、俺の中ではいきなりでもなんでもない」

真尋だって、叶うならばと思わないでもない。

けれど巧とこうなってしまった以上、考えなければならないことや対処しなければならないことがたくさんあるような気がするのだ。

彼曰く、義父が巧の行動を黙認していたとしても、母になんと説明すればいいのか。

なにより、湯浅一族からの反発はやっぱり面倒くさい。

やっと大学を卒業して就職したばかりでもある。一人暮らしにだって慣れてきたところだし、社会経験だって未熟だ。

湯浅製薬の後継者である巧の隣に、堂々と立つ自信など持ち合わせていない。

『妹』だったから隣に立てていただけだ。

「巧くんは、どうしてそんなに急ぐの？」

巧は抱きしめる腕を緩めて、真尋の顔を覗《のぞ》き込んだ。自分を見つめるその目に、今まではなかった輝きがある気がして、真尋は巧がおかしいのか、自分がおかしいのかと思ってしまう。

「高校生の間だってどんどん大人びてきた。大学時代は気が気じゃなかった。社会に出たらますますかわいくなって、どんな男が近づいてくるかと思うと心配でならない。おまえが湯浅系列以外の病院に勤めることがわかっていたら阻止《そし》したのに！」

阻止《そし》されたくなかったから曖昧《あいまい》に濁したのだ。

それに、おそらく身びいきがひどいというか、シスコン傾向が強いというか、巧が心配するようなことはないと思う。

今の病院では、巧の代わりに叔父が目を光らせている。

「それに……嫌なんだよ。おまえが湯浅以外の名字を一時《いっとき》でも名乗るのが――」

椎名の姓は母方のものだし、長く真尋が馴染《なじ》んでいたものだ。真尋にしたら元に戻った感覚でしかない。

「湯浅真尋だから、守れたんだ。おまえが俺の妹だったから堂々と守ることができた。こんな曖昧《あいまい》な立場じゃ俺はおまえを守れない。恋人や婚約者なんてなんの効力もない」

「巧くん……」

「俺の妻になれよ」

どくんっと心臓が音をたてたのがはっきりとわかった。

体の奥から熱が生み出されて、頬がほてってくる。

本当に、この男は朝っぱらからなんてプロポーズをしてくるのだろうか。

「急いでいる自覚はある。でも早くはない。俺はずっとおまえを俺のものにするためだけに生きてきたんだから」

誤魔化しも、濁しもしない巧の言葉は強烈だ。

こんなものを高校生の時に浴びせられていたら、真尋はきっとずぶずぶにこの男に溺れたに違いない。

甘すぎる言葉の弾丸が、立て続けに真尋の胸を貫通していく。

「待って、巧くん」

反射的に耳を塞《ふさ》ごうとして、その手を捕らえられる。

「た、巧くんの気持ちはわかった！　でも、でももう少し待って」

「涙目でそう言われたって、説得力ゼロだぞ」

「今日の巧くん、なんかおかしいよ！　飄々《ひょうひょう》としていた巧くんに戻ってよ」

「無理だ。もう俺は抑えない。おまえがこういうかわいい反応を返してくると歯止めが利かなくなるから、はっきり言ってこなかっただけだ。もう遠慮する必要はない」

巧に身を委《ゆだ》ねたのはやはり早すぎたのではないかと思いつつ、真尋はなんとか巧を押しとどめる。

「体！　私、今日はこれ以上は無理！」

「わかっている。でも少しだけ」

そうして唇を塞《ふさ》がれて、体をまさぐられてしまえば真尋には成す術《すべ》などなかった。

第三章　恋人同士

初めて会った時から、いけ好かないと思っていた。同時に、この男には敵《かな》わないんだろうなとも思った。

命じることに慣れている俺様御曹司に対して、真尋は最初から白旗をあげていた。

だから負けるのは仕方がない。

だからといって、ここまで強引に事を運ばなくてもいいのではないだろうか。

母からのスマホへのメッセージは『いただきものがたくさんあるから取りに来なさい』だった。

一人暮らしを始めてから、食の重要性は嫌というほど実感している。

真尋は基本的には自炊するが、看護師という不規則な仕事柄、どうしても作るのが億《おっ》劫《くう》になることがある。そんな時に重宝するのは、やはりレトルト食品やインスタント食品、缶詰類だ。

元々、湯浅家には定期的にそういったお届け物がある。

わざわざ自分で買ったりはしない高級食材ばかりなのもありがたい。よって真尋は、いつものようにそれらを持ち帰るつもりで、仕事帰りに湯浅家に寄ったのだ。

もちろん、ついでに夕食も食べていきなさいという言葉にも甘えるつもりはあった。

だからといって、その席に義父ばかりか巧までいるなど想像もしていなかったのだ。

なぜかテーブルに並んでいたのは、豪勢なお寿司やらローストビーフやらといったものので、見るからにごちそうだ。

「真尋ちゃん、仕事は慣れたかい？」

「ええ、まあなんとか」

「一人暮らしがきつくなったら、いつでも戻っておいでよ」

養子縁組を解消しても、僕は真尋ちゃんの父親だよ、とは何度となく言われてきたことだ。真尋は曖昧《あいまい》に頷くにとどめつつ、心遣いには感謝した。

家を出た時は戻る気などなかった。これでここでの日々は終わったのだと、少し感傷的にもなった。でも今は、別の理由で戻ることになるような気がしてならない。

巧は、母が唯一手作りしたのであろうサラダを皿にとって、市販のドレッシングを使っているにもかかわらず母の料理を褒めている。

表向きは久しぶりの和やかな家族の食卓だった。

なにせ巧が帰国してから、こうして全員が揃ったのは初めてなのだ。

巧はやっぱり仕事が忙しいようで、国内や海外の出張が多い。

関係が変わってからだって、当然、デートなんてものができる時間などなく、メッセージのやりとりや電話がメインで、巧のマンションに行ったのはせいぜい二回ぐらいだ。

交際しているという感覚はどうしても薄い。

真尋は病院での仕事内容を、巧は海外での生活を話して聞かせ、会えなかった間の報告をかわした。

テーブルの上が片づき始めた時、巧がおもむろに切り出した。

「父さん」

「ん?」

「あ、そういえば、私が持って帰っていいものってどれ? お母さん」

思わず割り込んでしまったのは、嫌な予感がしたからだ。この状況はどう考えても、ただの久しぶりの家族の団欒《だんらん》じゃない。

案の定、巧はじろりと真尋を睨《にら》んだ。

「まとめて準備しているわ。車で送るから重いものも大丈夫でしょう?」

「あ、うん。ありがとう」

「千遥さん、真尋は俺が送ります」

「あら、でも巧くん、今夜はうちに泊まるんでしょう？　なにか話があるって言ってなかった？」

「ええ。父さん、千遥さん、俺に真尋をください」

「巧くん‼」

予想はしていたものの、前置きもなにもない、あまりの直球に真尋は思わず椅子から腰を上げた。

「真尋と結婚を前提に交際しています。俺たちのことを許してくれますか？」

「巧くん！」

反射的に二人を見れば、母は呆気《あっけ》にとられているし、義父は眉根を寄せていた。

「父さんには話していたはずだ。俺は約束を守ったし、真尋は受け入れてくれた」

真尋の様子になど構わずに、巧はどんどん暴露していく。

「真尋、座れ。どうせいつかは話さなきゃならないことだ」

「それでも！　私にだって心の準備がある！」

真尋はあえて立ったまま巧に抗議した。巧はさらりと視線を流して、口元を歪《ゆが》める。

「おまえの準備なんか待っていたら先延ばしにされるだけだ。父さんと千遥さんには話すべきだ。それは俺の覚悟を示すことにもなる」

「真尋ちゃん、巧に無理やり関係を強要されたのなら正直に言ってほしい。僕はたとえ息子でも、強引に事に及んだのであれば許すことはない」

義父の言葉に、真尋は反射的に首を横に振って、そして椅子に座った。座ったというよりも腰が抜けたのだ。

まさかそんな言われ方をするとは思わず、これは恥《は》ずかしがったり戸惑ったりしている場合ではないのだと気づいた。

母はいまだに状況が呑み込めていないようで、瞬《まばた》きを繰り返している。

そして、巧と義父は静かに睨《にら》み合っている。

「きょ、強要なんかされていません！」

「けれど真尋ちゃん、今の君を見ていると、とても納得済みとは思えない」

確かに、関係が変化したことをいきなり家族に暴露される状況には納得していない。

真尋の中では巧との交際は始まったばかりで、正直これを続けてもいいのかさえわからずにいる。

周囲に、ましてや家族に公表するなんて、そういう覚悟までできていなかった。

真尋は義父と母と、そして巧へと視線をうつした。

なんとかしてよ、という目で訴えてみても巧は素知らぬ顔だ。

この男には、真尋の戸惑いも覚悟のなさも見抜かれている。だからこそ、あえてこんな強行突破に出たのだろう。

「真尋、二人だけでお話ししましょう」

冷静さを取り戻したらしい母が静かに告げた言葉に、真尋は従うしかなかった。

＊　＊　＊

母に連れられてきたのは、かつて自分が暮らしていた部屋だ。

一人暮らしを始める時、自分の部屋の家具をそのまま持っていくつもりだったのを止めたのは母だった。

『家具を新しく購入するのはもったいないから』と言ったのに、母は『あなたが帰ってきた時に過ごせる部屋は必要よ』と言った。

だから部屋の様相は、真尋が過ごしていた時とほとんど変わらない。

綺麗《きれい》な机の上に、埃《ほこり》一つないのを見て、真尋は少し胸が締め付けられた。

真尋は自分の机の椅子に、そして母はベッドに腰掛ける。

真尋は自分からはなにも言えなくて、ただ膝の上に置いた手をぎゅっと握り締めた。

「真尋……いつからなの？」

「え？」

「巧くんとの交際はいつから？　もしかして家族になった時からずっと――」

「ち、違う！　そんなわけない！　巧くんが日本に帰ってきてから、帰ってきてからだから！」

「帰ってきたのは数か月前でしょう？　なのにこんなに早く結婚まで話が進んだの？　ねえ、まさかあなた、妊娠しているなんてことは……」

母の思考のほうが勝手にどんどん進んでいく。

「妊娠なんかしてない！　お母さん、私だって……その、どう説明していいかわからないの」

巧から告白された。

真尋も気持ちを告げた。

セックスもした。

確かに自分たちは交際していることになるのだろう。そして交際を始めたのがいつからだと聞かれたら、最近なのだとしか答えられない。

「交際は、彼が帰ってきてからなのね。この家で兄妹として過ごしていた時からではないのね」

真尋は少しだけうしろめたい気持ちになった。

兄妹として過ごしていた時からであったとしたら、やはり外聞《がいぶん》はよくないのだろう。

いや、元義理の兄妹が付き合うこと自体、おそらく世間体の悪いことだ。

「付き合い始めたのは、本当に最近」

「養子縁組の解消を申し出たのは、巧くんと付き合うためだった？」

「――違う。違うの。大人に、二十歳になったら養子縁組は解消しようってずっと思っていたし、大学卒業までって言われたからそこまで延ばしただけで、それは巧くんとは関係ない」

養子縁組解消の件も、母が納得していないのはわかっていた。

そして結果的に、それが巧との関係の後押しをしたのも事実だ。

「真尋、あなた巧くんのことがずっと好きだったの？」

母の目がまっすぐに真尋を射抜く。

（……ずっと、好き？）

それは真尋が直視したくない感情だ。

いつから巧を好きだったかなんて自分でもわからないし、わかりたくない。

明確に意識したのは、巧が海外赴任のために発《た》つ空港に見送りに行ってキスをされた時だ。でもそれよりずっと前から、自分が巧を異性として意識していたのは確かだと思う。

「ずっと……かどうかはわかんない。でも――」

少しだけ迷って、真尋は途中で言葉を止めた。

いつから好きだったかなんてわからないけれど、ひとつだけはっきりと言えることがある。

でもそれを言っていいのか、言わないほうがいいのか。

「真尋」

母の自分の名前を呼ぶ声に胸が締め付けられて、真尋は閉じ込めていたものを吐き出した。

「お母さん、私ね、私――巧くんのこと一度も『お兄ちゃん』って呼んだことないの」

家族になって、この家で一緒に過ごしてきた時間が思い出される。

巧がここにいたのはたった一年だけれど、それからも家族として接してきた。

それでも――

「私、巧くんを『兄』だと思ったことは一度もない」

母が息を呑むのがわかった。真尋は顔を上げて母の表情の変化を見つめた。

驚き、戸惑い、それが困惑に変わって悲しげな笑みに変わる。

「結婚、反対だった？」

「反対なんかする気なかったよ」

「あなた巧くんのこと、知っていたの？」

「私の中学じゃ巧くんは有名だったよ。顔と名前だけなら誰だって知っていたよ」

「あの日が初対面じゃなかった？」

泣きたい気分になりながらも、真尋は泣くことを必死に耐えた。

知っていたのは顔と名前だけじゃない。

友人の片想いに付き合って、ずっと彼を見つめてきてしまった。その間に、湯浅巧がどんな男の子なのか知っていった。

けれど、義理の兄妹にならなければ、傍観《ぼうかん》しているだけで終わったはずのものだった。

「初対面だったよ。お母さんが結婚しなければ、巧くんは私の存在なんか知らなかった」

巧との関係が始まったのは、母が結婚したからだ。それによって義理の妹になったからだ。

どれほど、『義理の兄妹』なんて関係さえなければ、と望んでも。

それがなければ、巧との接点など皆無《かいむ》だったに違いない。

「わかっているの。義理の兄妹で付き合うなんて、世間体が悪いにもほどがあるって。巧くんにとってどれだけのリスクになるかと思うとやっぱり怖いの。巧くんから離れたほうがいいんだってわかっているの」

　自分にだけ示される特別扱い。いつも冷静で御曹司然としている巧は、真尋にだけは素の姿をさらす。自信満々にふるまって、嫌味なことを言ってはからかってきて、真尋が意に沿わないことをするとむっとする。

どれほど忙しくても、家には帰ってこなくとも、送迎を理由に会いにくる。

それらは全部、『妹』になったからだと言い聞かせていなければ甘受できない行為。

そして『赤の他人』になった今、あの頃以上の気持ちを真尋は巧からもらっている。

甘い言葉も、優しく触れる指先も、惑わす唇も、あの頃にはなかった男としての彼を教えてくる。

「でも——できないのっ！」

「真尋——」

母から抱きしめられてはじめて、自分がひどく泣きたかったのだと思った。

冷静に考えれば、どうすればいいかわかっていた。

養子縁組を解消して、赤の他人になって、もう彼と関わらなければいいのだと、そうすれば巧を守れるはずだと思って、行動を起こしたつもりだった。

でも、できなかった。

違う。

したくなかった。

(——そうよ、私は結局、巧くんの特別でいたいのよ)

「あなた……本気で巧くんのこと好きなのね……」

久しぶりの母の匂いとぬくもりに包まれながら、母の言葉に疑問を抱く。

好きなのだろうか、この感情は。

本当に愛しているのであれば、きっと身を引くのが彼のためなのに。

結局それができずに、彼を欲してしまうこの気持ちを愛と呼んでいいのだろうか。

「巧くんがどうしてこんな強引な手段に出たのか、わかった気がするわ」

背中を撫《な》でながら母がぽそりと呟く。

真尋は涙声で「なんで？」と聞いた。

心の整理もついていないし、覚悟だってできていない。なのに巧が両親にいきなり暴露した理由など、わかるわけがない。

けれど母はそれ以上なにも答えずに、優しく頭を撫《な》でてくれたから、真尋はただの少女になったかのように、感情の赴《おもむ》くまま涙をこぼした。

＊　＊　＊

千遥が真尋を二階に連れ出すのを、巧は父とともに見送った。

「おまえ、真尋ちゃんになにも言っていなかったな」

「父さんこそ、千遥さんになにも言ってなかったのかよ」

千遥の驚きようを見て、巧は父の根回しが済んでいなかったことに逆に驚いていた。父には早くから気持ちを見抜かれていたし、自分からもきちんと告げた。千遥に伝えるかどうかはあえて父に委《ゆだ》ねていた部分はあったけれど、まさか一切伝えていなかったとは思わなかった。

そうなると、湯浅を継ぐと表明したことや、海外赴任を受け入れた理由も、千遥はなにも知らないことになる。

「言えるわけがないだろう。僕の息子があなたの娘をいやらしい目で見ていますなんて」

確かに父の言う通りではあるが、もっと言葉を選んでほしいと切実に思う。

「真尋ちゃんに無理やりせまったんじゃないだろうな」

「父さんとの約束は守っただろう？　二十歳まで待ったし、海外赴任もしたし、実績もあげてきた。予定通り計画だって進めている。養子縁組解消なんてふざけた真似していなければ、もう少し時間をかけてもよかった。なんで受け入れたんだよ」

現実的には、一度養子縁組の解消をする必要はある。

けれどそれは巧自身が主導して行《おこな》うつもりだった。なんの相談もないどころか、帰国するまで報告さえもなかったのだ。

「僕だってしたくはなかった。でも真尋ちゃんは二十歳になった時からずっと言い続けていた。大学卒業まで無理やり引き延ばしたぐらいだ。それにおまえから逃げ出したいなら、逃がしてやろうと思っていたしね」

「逃げたって追いかけるし、捕まえる」

「僕は真尋ちゃんが嫌がるなら、おまえの行動は阻止《そし》する」

実の息子より義理の娘の希望を優先させるなんて腹立たしい。けれど、真尋を大事にしてくれるのはありがたくて、巧は複雑な心境になる。

「真尋ちゃん、戸惑っているじゃないか」

「想定の範囲内だ。あいつが戸惑うのなんかわかっていた。真尋の覚悟が決まるのを待っていたら、時間だけが無意味に過ぎる」

「それにしても急ぎすぎじゃないか？」

「急ぐよ。父さんにとっては養子縁組を解消したって真尋はまだ娘だろうけど、俺にとってはもう赤の他人だ。あいつになにかあっても俺はなにもできない。そんな状況引き延ばせるかよ」

そう、父は千遥と婚姻関係にあるし、真尋はその千遥の娘なのだからまだ繋がりはある。けれど巧は違う。

どれだけ嫌だと思っても、義妹だったから堂々と守ることができた。

そのまま立場を妻にスライドさせることで、巧は真尋を守る権利を継続して手に入れるつもりだったのだ。

それなのに、彼女は今、赤の他人でしかない。

「真尋は俺が守る。結婚を許してほしい」

巧は父に頭を下げた。

彼女に好意を抱いていると告げた時から、ずっと覚悟は示してきたつもりだ。

父だってそれを知りながら見守ってくれていた。

「いろいろと厳しいぞ」

「わかっている」

「真尋ちゃんが傷つくことも増える」

「それこそ何度も自問自答してきた。今さらだ」

「僕はおまえのお母さんを守れなかった」

それこそ、わかりきったことだ。母を守れなかったのは父だけではない。息子である自分もだ。

だから父は地位と権力を手に入れて、千遥を守ろうとしてきた。

「それでも俺が生まれて良かっただろう?」

たとえばもし過去をやり直すことができたとして、母と結婚しないという選択を父がするとは思えない。

傷つけることを、守れないことをわかっていても、ともに生きることを選ぶはずだ。

「真尋を傷つけること、守れないかもしれないこと、俺だって怖いよ。でもそれ以上に、俺は真尋がいない人生のほうが怖い」

強いわけでも、自信があるわけでもない。

ただ、それ以上に怖いものがある。

だからそれを回避したいだけだ。

「おまえが僕の息子でよかったよ」

「俺も、父さんが千遥さんを選んでくれてよかった」

『義理の妹』でなければと願ったこともある。

赤の他人でいれば、もしかしたら違う出会い方もあったのではないかと想像したこともある。

でもそんな仮定はすべて無意味だ。

「巧。真尋ちゃんの心を一番に守ってやれ」

「ああ、わかっている」

巧は天井を見上げて、二階にいる二人を想った。

なにも知らせず強引な手段をとった。それでも、両親にだけは早々に伝えるべきだと思った。

家族が味方だとわかっていれば、乗り越えられることがたくさんある。

悩みがあれば相談できるし、逃げ場にもなる。

巧はその場所を、早めに真尋に返したかった。

千遥は戸惑いはしても反対はしないはずだ。たとえ反対されたとしても、説得する自信はあったし、受け入れてもらえるまで時間をかけても構わなかった。

外堀を埋めていくことは、真尋の味方を増やしていくことでもある。

同時に、囲い込むための手段でもあるけれど——

階段を下りてくる音が聞こえて、巧は席を立った。

千遥とともにゆっくりと下りてくる真尋の目が赤くて、自分の予想がはずれたかと舌打ちしたくなる。

父の根回しがなかったことが、それを確認しなかったことが裏目に出たのだろうか。

つい千遥に厳しい目を向けかけると、それに気づいた千遥が肩をすくめてほほ笑む。

巧はすぐさま敵愾心《てきがいしん》を消して、真尋に近づいた。

「真尋……泣いたのか?」

頬に手を伸ばしかけると、真尋がびくりと震えて首を横に振った。

以前なら家族の前で思わせぶりな行為はできるだけ避けてきた。けれど、家族に宣言した今は、抑えるつもりはない。

庇《かば》うように彼女の肩を強引に引き寄せて腕の中に囲んだ。

「た、巧くんっ！」

「なに？」

「お母さんの前だから！」

「もう構わない。俺は誤魔化したり隠したりするのはもう飽きた」

「もうっ……なんでいっつもそんなに俺様なの⁉」

腕の中から逃《のが》れようとバタバタしているけれど、そんなかわいらしい抵抗は無意味だ。

千遥を見れば、呆《あき》れたようなあきらめたような表情をしつつ、やわらかな眼差しを巧に向けてきた。

「巧くん、正直すごく驚いたの。どうやら驚いたのは私だけで、仁さんは知っていたようだけど」

あとでお説教ね、と呟いて父のいるほうを睨《にら》む。

「俺たちのこと、反対ですか？」

無駄に暴れていた真尋の動きがその瞬間止まった。彼女が泣いていたというのは、つまりはそういうことだったのではないかと思っていた。けれど、こうして目の前で抱き寄せても、千遥は引き離そうとしたりはしない。

「反対っていうか、驚いたの。義理の兄妹になると決まった時、真尋が巧くんに憧《あこが》れるのは仕方がないかなって思っていた。とても素敵な男の子だったし、仁さんの息子だしね」

後半の台詞《せりふ》は不要だと巧は思う。

「でも巧くんは、きちんと距離を置いて真尋と接してくれていたでしょう？　かわいがってくれたのも兄妹としての距離感だと感じていたし、あなたが真尋をそういう対象として見てくれるとは思っていなかったのよ」

巧は心の中で苦笑した。それなら自分の努力は報われたのかもしれない。千遥の前でだけは慎重に接してきたのは事実だ。

「巧くんのことだから、私があれこれ言いたいこと、全部クリアするつもりなんでしょう？」

「幸い、時間だけはたっぷりありましたから」

勘のいい千遥は、巧のその言葉できっといろいろ感じ取ったに違いない。案の定、ふたたび驚きに目を見開いたあと、「仁さんも巧くんも隠し事が上手すぎて困るわ」と嘆《なげ》いた。

「巧くん。真尋のことよろしくお願いします」

千遥が綺麗《きれい》に頭を下げる。

この人はやはり賢いな、と思う。

父のアプローチだって幾度《いくど》となくかわしたようだが、結局覚悟を決めたら肝《きも》が据わった。

湯浅一族からの圧力にも屈しなかった。

自分の母にはなかった強さだ。

「お母さん……」

真尋の目にみるみる涙が溜まりだす。あまり人前で泣くタイプではない彼女の涙を、巧は最近よく目にするようになった。泣かせたいわけではないけれど、自分の前で泣く分には構わない。むしろ、頑《かたく》なな彼女の心が少しだけ解《ほぐ》れてきたのを感じ取れるから嬉しくも思う。

なにより、泣いている真尋は格別にかわいい。

「お母さん、なんで」

「なんでって……ここまで巧くんが覚悟を決めているのよ。反対したって無駄じゃない。真尋もいい加減観念しなさい。むしろそのほうが楽になれるわ」

「お母さん！」

「真尋。私だってたくさん悩んだの。仁さんと結婚する時もいっぱい不安はあった。でもね、あなたを産むと決めた時に比べたら、たいしたことないの。そして私はそれを乗り越えてきたからあなたを得てとても幸せになれた」

真尋の表情が歪《ゆが》む。少女のような泣き顔は綺麗《きれい》じゃないのに、やっぱり愛しくてたまらない。

真尋を抱きしめて背中を撫《な》でてやる。もはや抵抗する気は失せたようで、肩を震わせて泣き出した。

千遥は未婚の母だ。

籍を入れる前に、真尋の実の父親がこの世を去ったからだが、当時千遥は看護学校を出て就職したばかり、そして父親は余命いくばくもない入院患者だった。

そしてそのせいで、千遥は周囲の批難を浴びた。

「あなたの不安も恐怖もわかる。でもあなたには巧くんがいるわ。そして私も仁さんもいる。世間がたとえ敵に回っても、私たちはあなたの味方。どう？　心強いでしょう？」

千遥は家族の支えがどれほど力強いものか知っている。

両親と弟に支えられて、彼女は真尋を育ててきたのだから。

「千遥さん、ありがとうございます。真尋は俺が守ります」

そう言ってから、違うなと巧は思った。

「いや、あなたの娘さんの人生すべてを、俺に守らせてください」

巧は、深く頭を下げた。

そう、彼女の人生すべてに、誰よりも一番そばで関わっていきたいのだ。

真尋がまた泣き出すと、すかさず父も顔を出して「真尋ちゃん！　どうしたんだい！　僕になんでも言ってごらん。真尋ちゃんを苦しめるものは全部排除してあげるよ」と言って、千遥に怒られていた。

＊＊＊

真尋は当初の予定通りに、母から食材をもらって、そして巧の車で帰ってきた。

予定外だったのは、家族に暴露されたことと、なぜか帰ってきた場所が巧の部屋だったことだ。

「おまえは、明日は休みだろう？」と言われて。

確かに明日はめずらしく一日だけのオフだ。その翌日からは日勤が続いて、次の連休は平日にとれる予定だ。

真尋のスケジュールは、巧に把握《はあく》されている。

いつのまにかスマホが同期されていて、真尋もまた巧のスケジュールがわかるようになっていた。

さすがに、ほかのアプリケーションは見られない設定にしたと言われたが、どこまで信用していいのやらと思っている。

「泊まる準備なんてしていない」と言えば「俺が準備しているから大丈夫だ」と言われ、巧の仕事の完璧さに恥《は》ずかしい思いをしているところだ。

使い慣れた化粧品などのアメニティ類はともかく、洋服やパジャマや靴、挙句の果てには下着まで、おまえ専用だと教えられたクローゼットに整理されていた。

サイズがぴったりなのもくやしい。

これを巧がすべてやったのかと思うと、過保護なのか変態なのか区別がつかない。

そして今真尋は、巧の寝室のベッドで、うつぶせになってバタバタと足掻《あが》いていた。

泣き疲れて眠い気もするのに、今夜の出来事に興奮もしている。

巧との関係を一番知られたくない家族に、最初に知られてしまったのだ。

それは反対されることを危惧《きぐ》していたのもあるし、単純に恥《は》ずかしいせいもあるし、万が一別れた時の不安もあった。

「反対しなかったな」

だからといって、母は手放しで喜んでいる様子でもなかった。ただ「仕方がないわね」と呆《あき》れていただけのような気もする。

「真尋」

名前を呼ばれたかと思えば仰向けにされて、真尋はいきなり唇を塞《ふさ》がれていた。唇を割って入った舌はすぐに真尋の舌を捕まえて舐《ねぶ》ってくる。

ぴちゃぴちゃと唾液《だえき》の音が響いて、キスってこんなにいやらしいんだと思った。

「待って」という言葉は発することができないまま、うやむやになる。突然始まった行為に驚きつつも、結局真尋は流されていった。

キスの合間に服を脱がされ、下着をはずされて全裸になる。部屋の明かりがついたままなのが気になるのに、消してなんてお願いする暇もなく、巧の舌や指に翻弄《ほんろう》される。

噛みつくようなキスは真尋の唇の周囲を唾液《だえき》まみれにした。呑み込めないそれが端から落ちて首筋へと伝っていく。激しいキスと裏腹の優しい手つきで胸を揉まれて、すっと先端を挟まれたかと思えば小刻みにこすられた。

「あっ……やんっ」

こぼれた唾液《だえき》を舐《な》めとるように首筋に舌が這《は》う。胸の先は指でこねられたり弾《はじ》かれたりといいように弄《もてあそ》ばれて、そのたびに硬く尖《とが》っていくのがわかった。

時折強くつぶされると、痺《しび》れるような刺激が体を貫く。痛みと快感の境目のようなそれは、あっという間に真尋の理性を溶かした。

「ひゃっ……あんっ……やっ」

こんないやらしい声なんて出したくないのに、真尋の口からはねだるような甘ったるい喘《あえ》ぎがこぼれてしまう。唇を結ぼうとしてもすぐに力が抜けていく。

指で散々いじられたあとに熱い舌が触れて、真尋は体を跳ねさせた。

最初こそ優しく抱いてくれた巧だけれど、それ以降のセックスはどちらかといえば激しい。二度目の時は『もう抑えが利かない』と言いながら、真尋はされるがままになった。

これまで耐えてきた分の反動が強いのだと言われれば、真尋も少し責任がある気がして、拒めなかった。なによりこうして求められることを嬉しいとさえ思っている。

片方の胸は舌先で優しく舐《ねぶ》られては、時折強く食《は》まれた。もう片方は指で上下にこすられたり、挟まれたりする。そうされるだけで真尋の脚の間はトロトロに蕩《とろ》けてシーツを汚していく。

真尋の太もものうしろに手がかかる。拒む間もなくひっくりかえりそうなほど高く脚をあげられて、大きく開かれた。

「やっ、巧くん」

部屋の明かりは煌々《こうこう》と照っている。その下で真尋の下肢ははしたなく開かれて、卑猥《ひわい》な場所をさらしていた。

「やだっ！　見ないで」

恥《は》ずかしくてたまらない。

なのに真尋の願いなど無視して、巧はその部分をじっと見つめた。

巧の目にどう映っているのか。

そこの形は千差万別《せんさばんべつ》だけれど、自分のそれが綺麗《きれい》だとか醜《みにく》いだとか判断の材料はない。

ただ自分でもあまり直視したことのない場所が暴かれるのだ。

そしてそこはきっと、とても淫《みだ》らなはずだ。

いっそ手で覆《おお》って隠したいのに、そこに触れるのも憚《はばか》られて、真尋は代わりに顔を覆《おお》った。

「真尋……すごく綺麗《きれい》でいやらしい。蜜で濡れて今にもこぼれそうで、ひくついている」

「バカ、バカ、巧くんの変態！」

「開いたり閉じたりして、ああ、こぼれてきた」

言うなり巧は、そこに口づけて音をたてて啜《すす》る。そのままそこを広く舐《な》められたあと、真尋の一番弱い場所を狙ってきた。

くるりと舌で形を確かめ、舌先で刺激する。それだけで隠れていた小さな芽が顔を出し、強く吸い付かれれば、真尋はもう壊れていくだけだ。

「あんっ……やんっ、んんっ」

ちゅるちゅるといやらしい音をたてて巧が吸い続ける。強引に膨らまされたそこは、すべての刺激を貪欲《どんよく》に受け止めて、真尋の体から力をそいでいく。

「はっ、やんっ……たくみ、く……ああっ、いやぁっ」

芽だけでなく、中に指までいれられてぐちゃぐちゃにかきまぜられる。脚は解放されたのに真尋は閉じることも下ろすこともできずに蜜をまき散らした。

「真尋……おまえの中、ドロドロで蠢《うごめ》いていて、すごく締め付けてくる」

「やっ、巧くん！　そこはやだぁ」

真尋は今、自分が弱点をさらしたことには気づかなかった。

巧は見逃《みのが》さずにその部分を重点的に攻めてきて、真尋の体は淫《みだ》らに跳ねた。

響くのはいやらしい蜜の音。

増やされた指は真尋の中を器用にまさぐりながら、反応のいい場所をこすりあげる。

「巧くん、こわっ……怖いっ」

「大丈夫だ。そのまま身を委《ゆだ》ねろ」

「あっ……ああっ……やぁ」

「真尋、イって。おまえのいやらしい姿見せて」

溢《あふ》れる蜜を啜《すす》るようにふたたび口づけて、敏感な芽が強く吸い上げられる。

巧のその言葉に導《みちび》かれながら、真尋はそのまま絶頂を迎えた。

＊　＊　＊

大事にしたい気持ちと、ぐちゃぐちゃに壊したい気持ちの両方を、いつも巧は抱えてきた。

『妹』として見なければならないのに、自慰《じい》の対象にして汚す現実。

『妹』だからと触れながら、性的なものを潜《ひそ》ませて伸ばしてきた手。

だから一度リアルで知ってしまえば、際限なく欲が湧き上がるだろうことも想像はついた。

真尋の背中が、いやらしくしなる。

腰を掴《つか》んで己を押し付けるたびに、彼女の中が強く痙攣《けいれん》する。胸に手を伸ばせば、やわらかな感触と硬い感触とが一緒に伝わって、繋がったつけ根をいたぶると、さらにいやらしく締め付けてきた。

動きを止めれば、自《みずか》ら快感を得るために腰を揺らす。

形のよい丸みを帯《お》びた尻が淫《みだ》らに動き、そこに彼女の中を突き刺したままの己が見え隠れした。

真尋の中に何度となく突っ込みたいと思った妄想が、現実に巧の視界の中にある。

触れたいと思ったやわらかな胸を、形が変わるほど揉んでも咎《とが》められず、なおかつ、いつもは隠れているくせにこんな時は存在を主張する部分を自由にできるのだ。

「真尋、いやらしく腰が揺れている」

「あんっ……やっ、やんっ、動いてっ」

何度となく絶頂を迎えるたびに、巧は覚えこませるように彼女の子宮の奥を突いた。

真尋は素直に与えられる快感に身を委《ゆだ》ね、それをきちんと記憶していく。

「激しいほうがいい？　それともゆっくりがいい？」

体を前後に揺さぶるほど激しく奥を抉《えぐ》れば、真尋はただ嬌声《きょうせい》をあげるだけの人形になるし、緩やかに刺激を与え続けても、自《みずか》ら欲する貪欲《どんよく》な娼婦《しょうふ》に変わる。

生意気で、真面目で、清純で、かわいらしい『妹』の姿はそこには一切ない。

幾度《いくど》か避妊具越しに放出したから、少しは余裕がある。

真尋の体力を見極めながら抱きつぶし、それでも今夜は興奮が収まらない気がした。

——両親に伝えた。

反対されないだろうと思ってはいたし、反対されても構わなかった。

それでも味方だと宣言してもらえたことに、ひどく安堵《あんど》した。

禁忌ともいえる関係を明らかにしたのだから、もう後戻りはできない。

解放感と同時に、これから先に対する高揚感と武者震《むしゃぶる》いのようなものが重なって、巧は己の興奮を鎮める術《すべ》をもたなかった。

これまでは、恥《は》ずかしがる真尋に合わせて抑えながら抱いてきた。

でも今は猛《たけ》るような狂おしい感情をありのままに真尋にぶつけて、同時にそれを受け入れてほしい。

「巧くん、今夜は激しい。どうしたの？」と最初こそ戸惑っていた真尋も、回数を重ねるごとにただ巧を受け止めるしかないのだと悟ったようだ。

彼女の羞恥《しゅうち》は消え、迷いながらも快楽に堕《お》ちていく。

真尋が答えられない間にも単調なリズムで腰を動かし続けていると、小さく喘《あえ》ぎを漏らして軽く達した。

「イったのか？　真尋」

「あっ、やだっ……巧くんっ、また」

緩やかな刺激がもどかしいのだろう。

縋《すが》るように見つめられて、巧は真尋の体を抱き起こした。

背中から彼女を抱きしめて座らせた瞬間、当たる位置が変わったせいか、ふたたび腕の中で激しく震える。

「ひゃっ、ああ!!」

「またイった？　貪欲《どんよく》なお姫様だな」

真尋の顎《あご》を掴《つか》んでこちらを向かせると、巧は舌を伸ばした。うまく振り返れない真尋は、それでも舌を必死に伸ばして絡めてくる。

快楽に染まり切った表情は独特の色香を放ち、巧を簡単に暴走させる。

舌先を舐《な》め合ううちに伝う涎《よだれ》が互いの肌に落ちていった。

淫《みだ》らに揺れる胸をまさぐれば、わずかなキスは離れて卑猥《ひわい》な声が彼女の口から漏れる。

「真尋、自分で動け」

「あっ……はぁんっ……やぁんっ」

真尋の膝を立てて開かせて、彼女の腰の動きを促《うなが》すべく巧は腰を打ち付けた。真尋の弱い部分に自身をこすりつけるたびに、蠢《うごめ》いて貪欲《どんよく》に啜《すす》ろうとするから必死で逃《のが》す。

巧が長期にわたって立てていた計画は、すでに破綻《はたん》している。

順番はめちゃくちゃで、根回しも後手《ごて》に回って方向転換は必須だ。

それでも真尋を抱いてしまえば、手に入れることしか考えられない。

勝手に逃げ出して、覚悟もないくせに抱かれに来て、そのうえ気持ちを告げてきた。

(こいつはいつも俺の思い通りにならない)

「やっ、あっ、あんっ、奥、深い。巧くん」

「もっと、おまえの中に入りたい」

「あっ、はっ……あんっ、ああっ」

真尋が腰を落とすタイミングに合わせて、巧は突き上げる。繋がり合ったつけ根からは蜜が滴《したた》り脚を汚す。

すっかりむくんだ内壁は優しく熱く、それでいてねっとりと巧を包み込んでいて、まるで守られている気分になる。

巧は真尋をぎゅっと抱きしめた。

唇が触《な》れた肌を舐め、指が届いた場所をいたぶり、己で彼女の奥深くを抉《えぐ》る。

先端に感じる壁のようなものは、避妊具なのか彼女の子宮なのか。

その奥に直接注《そそ》ぎ込めれば、どれほどの快楽を得られるか。

達するたびに真尋は巧の名前を呼ぶ。

彼女を抱くのが、乱すのが、快楽を与えるのが、巧だと互いに覚え込むように。

「真尋、一緒に」

「巧くん」

真尋がふたたび極めようとする瞬間に合わせて、巧もまた欲深いものを彼女の奥にぶつけた。

＊＊＊

ちかちかと瞼《まぶた》の裏が光った。

真尋は瞬《まばた》きをして、そして淡い光が入り込むのをぼんやりと見つめた。カーテンを開け放った主は綺麗《きれい》にプレスされたシャツのボタンを留めながら、長い脚を優雅に繰り出して真尋に近づいてくる。

形のいい額《ひたい》を少し出した髪型で仕事モードの巧は、どこぞの御曹司のように気品がある。

（あ、本物の御曹司だった）

そう思った瞬間、ぱちりと目が開いて、真尋は体を起こした。

「ようやくお目覚めか？」

「え？　巧くん？」

「体調は？　もう少し寝かせるつもりだったが、そろそろタイムリミットだ。仕事を休むわけにはいかない」

真尋は、今日は仕事が休みだ。だが平日なので巧は仕事。

真尋は反射的にきょろきょろと部屋を見回した。

「もうすぐ十時半。朝食は昨夜、千遥さんがもたせてくれたものが冷蔵庫にある。部屋のものは勝手に使っていい」

「十時半！　仕事、間に合うの？」

「今日は午前休をとった。それよりおまえ、声がかすれているな。水分とれ」

そう言ってベッドサイドに置いていたらしいペットボトルを渡してくれた。

真尋はものすごく喉が渇いていたことに気づいて、ごくごく喉を鳴らす。

巧はネクタイを締めながら、ベッドに腰掛けて真尋をじっと見た。

「おまえ今、自分がどんな姿か自覚があるか？」

言われてはっと自身を見れば、真尋は一糸まとわぬ姿のままだった。

反射的にシーツを手繰《たぐ》り寄せて体を隠す。

すると昨夜の記憶が流れ込んできて、なんとかシャワーを浴びたものの、そこでも結局巧にいいようにされて、そのまま寝たことを思い出した。

自分は昨夜の余韻《よいん》を肌にまとったままなのに、巧だけがかっこいい御曹司様に戻っていてずるいと思う。

「おまえの痴態《ちたい》は覚えている。隠さなくていいぞ」

「私だって巧くんの変態ぶりは覚えているもの！」

恥《は》ずかしさとくやしさといたたまれなさで、真尋は言い返した。

昨夜はものすごく乱れた自覚がある。

何度交わったかさえ覚えていないし、最後のほうは自分から腰を振ったり、『もっと』とか要求したり、いやらしい体位も経験した。

シーツはそのままだから、なんだか昨夜の名残があって、真尋は体の芯がきゅっと縮むのがわかった。

巧の指の動きを、舌のいやらしさを、卑猥《ひわい》な命令を、甘い言葉を体は覚えている。

「真尋。おまえは本当に俺を誘惑するのがうまいな」

「はい？」

言うなり巧はシーツを乱暴に引きはがして、真尋をベッドに押し倒す。そのまま唇が触れて舌が割り込んでくる。水を飲んだばかりの自分の舌の冷たさが、巧の熱さでわかった。

「あっ、巧くんっ」

声はかすれているのに甘ったるい。

そして巧の指は迷うことなく真尋の中に入ってくる。

午前中の、陽の光が差し込む明るい部屋で自分だけが全裸で、そしていまだ奥には蜜が溜まっているのが響いた音でわかった。

「いやらしいな。まだ足りなかったか？」

「ち、がうっ」

「ほら開いたらこぼれてきた」

「やっ……巧くんのせいっ」

「それはなにより」

「やっ、巧くんっ、やだっ」

綺麗《きれい》なシャツの袖《そで》を汚してしまう。

いやらしい部分をこんなに明るい場所で見られてしまう。

今さらだと思うのに恥《は》ずかしくてたまらない。

「仕事、休みにすべきだった。こんないやらしい子を一人にしておけない」

「やっ……お仕事、働いて、巧くんっ……やだぁ、そこは」

また濡れて達して乱れるなんて、そしてそのまま一人部屋に残されるなんて嫌だと思う。

「嫌っ、巧くんお仕事行っていなくなるのに、このまま残されるのは嫌」

真尋の叫びに巧が動きを止めた。そしてゆっくりと指を引き抜いていく。

彼の指は蜜まみれで、真尋は泣きそうになった。

「イかせてやろうと思ったのに……俺がいないと嫌なの？」

イけば体は激しく疼《うず》く。隙間を埋めてもらわなければおさまらない。

それを教えたのは巧だ。

真尋は答えられなくて、巧が離れたのをいいことに、シーツをふたたびかぶる。

巧はどこか嬉しそうな笑みを浮かべながら、汚れた指をいやらしく舌で舐《な》めた。

「やっ、巧くんのバカ」

「なにを今さら」

不意に部屋のインターホンが鳴って、巧が「時間か」と呟いた。おそらく運転手がお迎えに来たのだろう。

巧はサマージャケットを羽織ると、思い出したように真尋を見る。

「真尋、婚姻届けだけど」

用意周到なこのおぼっちゃまは昨日実家に行った時点で、婚姻届けも、必要な戸籍謄《とう》本《ほん》もすべて準備していた。そのうえで真尋に両親の前で署名捺印《なついん》させたのだ。

証人欄のひとつは義父が埋めたけれど、もう一枠の名前を見てものすごく驚いた。

「俺の判断で提出するから、いいな」

「……提出したら教えて」

両親の前で書かされる時に散々抵抗はした。

そんな足掻《あが》きはもう無意味なのだとわかっているから、真尋はそれだけを念押しする。

『入籍だけでいい。仕事は旧姓で続けていいし、同居するのも少しは待ってやる。結婚式やお披露目はどうせ先だ。湯浅の連中にも隠しはしないけれど広めもしない。湯浅真尋に戻れ』

そう言われたのだ。

「嫌か？」

「嫌じゃない。何度も言うけど怖いだけ」

「おまえの不安は必ず解消する。俺を信じろ」

「巧くんのことは信じているよ」

巧の顔が近づいて、ふわりと額《ひたい》にキスが落ちた。唇にされるよりなんだか恥《は》ずかしいなんておかしいなと思いつつ、

「行ってくる」

と言った巧の背中に、

「いってらっしゃい」

と伝えた。

泣きたくなるほど愛しい感情が不意に溢《あふ》れてくる。

一番よく知っていたはずなのに、なにも知らなかったことを、肌を重ねてから思い知った。

過去、何度も言った「いってらっしゃい」が未来も続くのだという約束を巧と交わせたことが、真尋の心を温かく満たした。

＊　＊　＊

病棟から響く笑い声に、真尋はほっとしつつそこを出ていく。

真尋が先輩看護師と一緒に受け持っている患者の少女は、再検査の結果が良好で、彼女自身も家族も安堵《あんど》していた。

けれど油断はできない。

現在は小康《しょうこう》状態なだけで、完治を目指すには結局手術が必要なのだ。

そしてそれは簡単じゃない。

散歩でイケメンに遭遇してから、真尋は特別室の患者のことや、そのお見舞いに来るイケメンをそれとなくチェックした。

幸い、そのフロアに同期がいたから、お見舞客が来たら教えてもらおうと思っていたのに、しばらくしてその患者は、無事手術が成功して転院したのだと聞かされた。少女に伝えると、「じゃあ、次のイケメン探ししようね！」と言われたところだ。

「イケメン」と言われて咄嗟《とっさ》に巧を思い出したが、彼を紹介するわけにはいかない。

ふと巧の友人である立花を思い出したところで、ナースステーションに彼を見つけて、真尋は思わず「立花先生」と呼んでしまった。

瞬間、「え？　新人のくせに知り合い？」みたいな周囲の視線が突き刺さってくる。

「あ、えっと、お疲れ様です」

自《みずか》ら、親しい様子を見せて敵を作るなんて間抜けすぎる。

真尋は頭を下げて、なにごともなかったかのように通り過ぎようとしたのに「椎名さんもお疲れ様」と、立花ににこりとほほ笑まれた。

そのうえ「ちょっといいかな」と言って呼び出されてしまう。

立場上、なんとなく医師の言うことには逆《さか》らえない雰囲気があって、真尋は頷くしかなかった。

小児科病棟を抜けた廊下の先にはちょっとした自動販売機コーナーがあって、真尋はそこで立花と向き合った。

「なにか飲む？」と聞かれたけれど、首を振って断る。

幸い人気《ひとけ》はほとんどない。

立花は真尋の受け持っている少女について、性格や様子などを問うてきた。少女の手術について立花も関わる可能性が出てきたらしく、カルテとそして少女自身の様子を見に来たらしい。

先輩看護師はお休みだったため、担当の一人が真尋だと知って呼び出したようだった。

真尋は自分が知っている情報を立花に伝えた。

「そうか、ありがとう」

「いえ、また詳しいことは先輩に聞いてください」

「ああ、そうする」

立花に呼ばれたからと言って、いつまでも病棟を抜けているわけにはいかない。真尋は「それでは失礼します」と頭を下げた。

「巧とうまくいったんだって？」

いきなり直球でプライベートなことを聞かれて、真尋は慌てた。

取り繕《つくろ》えばよかったのに、できなくて結局ため息をついて認める羽目になる。

「巧くんに聞いたんですか？」

「いや、俺のものになったからって宣言された」

あの男はいったいなにがしたいんだろう、とこういう時思う。

どうしてわざわざ立花に報告する必要があるのか。真尋は頭を抱えたくなる。

「なんでそんな、わざわざ」

「そりゃあ、僕が君の近くにいるから便利に使おうとしているんだろう。あいつ、本当は僕と君が知り合ったのだって嫌だったらしいよ。けれどそれを逆手にとって利用してくるあたり、えげつないよな」

立花の言葉で、不本意ながら巧の意図に気づいた。そういえばいつだったか立花の名刺が見つかって、彼の予言通り、ごみ箱行きになったことも思い出した。

友達なのか、そうでないのか、よくわからない行動だった。

「立花先生って……巧くんとは高校が一緒なんですか？」

「中高大と一緒だ。腐れ縁だね」

そうか、だから傍若無人《ぼうじゃくぶじん》にふるまっても立花は気にしていないのだろう。それにしても大学も一緒だということは、そこの医学部出身かと真尋は感心する。イケメンだけどちょっとちゃらそうなのにと失礼なことを思いつつ、真尋はなんとなくバツの悪い気分を味わう。

『兄妹でそういうのありえないでしょう？』と立花に言ったのは真尋自身だ。それなのに舌の根の乾かぬうちにとは、まさにこの状況のことを指しているようだ。

「まあ君が観念してくれてよかったよ。そうでなきゃ、同じ病院に勤務しているってだけで、いつまでもぐちぐち言われるところだった」

本当に巧と立花はいったいどういう関係なんだろうと思ってしまう。

そして彼は、『元義理の兄妹』が『恋人』になってもなんの偏見もなさそうだ。

いや元々どこか推奨《すいしょう》していたところがある。

「『元義理の兄妹』なのにこういう関係になるって……おかしいと思いませんか？」

真尋は小さく呟きを漏らした。

両親は幸い反対しなかった。

そしてきっと、結愛もよかったねと言いそうだ。

でも世間的にはやっぱり、奇異な目を向けられるのではないだろうか。

立花は真尋の言葉に目を見開いたあと、小さく苦笑した。

「君は随分気にしているんだな。まあ君の感覚のほうが一般的かもしれないけど。僕たちにとっては、やっとかよ、って感じだ。君は確かにあいつの義理の妹だったけど、あいつにとっては大事な女の子って感じだった。僕たちの認識じゃ君は巧の唯一のお姫様だ。君の存在はみんな知っていても、絶対に会わせようとしなかったからね。どれだけ独占欲が強いんだって思っていた。だからようやく手に入れてよかったと思っている」

立花の言葉に、真尋は恥《は》ずかしいやらほっとするやらで、どう反応していいかわからなかった。ただ曖昧《あいまい》にほほ笑んで「そう、ですか」と答える。

巧の友人の一人である彼は、自分たちの関係を否定的な目で見てはいない。

その事実は真尋にじわりと伝わって、少しだけ肩の荷が下りた気がした。

「巧は君しか見てない。だから君も巧だけを見ていればいい。そうすれば世間の目なんかどうでもよくなる。現にあいつは世間の目を気にしたことは一度もないよ」

「巧くんは自信家だから」

「まあ、それは確かだけど、君に関しては随分慎重に動いていると思うよ。とにかく、僕は巧と君の味方だ。それは覚えておいて」

にこりと魅惑的な笑みを浮かべて立花は言うと「じゃあ行くね」と去っていく。

巧は真尋がなにに怯《おび》えているか知っている。

だからこうして、世間は敵ばかりじゃないと真尋に伝えようとしてくれているのだろう。

いや、味方を増やしてくれているのかもしれない。

(……巧くんの優しさって、わかりやすいような、わかりづらいような)

皇華の時からそうだった。

『おまえは皇華に行け』なんて命令でさえも、真尋のことを考えたうえでのものだったと今は知っている。自分がずっと守られてきたのだとわかっている。

だから今度は自分が巧を守りたい。どうやって守ればいいのかなんてわからないけれど、そばにいることが巧の望みなら、せめてそれだけは叶えられるように。

ナースステーションに戻ると「ちょうどよかった、椎名さんにお客様よ」と声をかけられた。先輩看護師の背後から現れた人物に、真尋はすっと表情を消した。

いつもこの人は絶妙なタイミングで真尋の前に姿を現す。

背中まで伸びたまっすぐな黒髪に、隙のないスーツ姿。服やメイクでいつも異なる印象を与えてくるけれど、尊大な態度は常に変わらない。

「お久しぶり。真尋ちゃん。まだ椎名真尋ちゃんかしら。それとも湯浅に戻っちゃった？」

真尋の胸元の名札を見て、意味深に彼女――湯浅光《ひかる》はほほ笑みながら問うてきた。

＊　＊　＊

湯浅光。

彼女は巧の父の姉の子ども、つまり巧にとってはいとこにあたる。

そして、巧の父とその姉の仲はあまりよくない。

後継者争いで揉めてからは、険悪と言っていい状況になり、それは現在進行形だ。

巧の父が社長に納まるまで、湯浅製薬の実権は婿養子に入った姉の夫が握っていた。

夫のほうもまた大手企業の社長の次男で、お金も権力もあったからだ。

しかし、敵対的買収も辞さず湯浅を拡大しようともくろむ娘婿派と、緩やかな成長を望む実の息子派で派閥が二分し、それは後継者争いへと発展していった。

その争いに巧の母は巻き込まれ、精神的に不安定になり、病に倒れて亡くなったのだ。

それまで派閥や湯浅の後継者などどうでもよかった巧の父は、社長の椅子を得る覚悟を決めた。

結果的に社長になったのは巧の父だが、副社長として湯浅製薬の売り上げの中心であるヘルスケア事業を手掛けているのは娘婿のほうだ。

現在水面下では、後継者候補に名乗りをあげている巧と、娘婿の息子である光の兄とで次代争いが勃発しつつあるらしい。

それが湯浅製薬の現状なのだと、ご丁寧にも教えてくれたのがこの光だ。

巧の二つ上である光とは、両親の結婚時の親族お披露目の時にも顔を合わせなかった。

彼女は皇華の中等部を卒業すると同時に海外留学したからだ。

湯浅の親族とは必要最小限の関わりでいいと命じた巧は、光のことも「海外に行っているから顔を合わせることはないはずだ」程度の説明しか真尋にはしなかった。

湯浅一族の中でもできるだけ関わるなと言われていた伯母家族である光と、真尋が初めて接触したのは、成人式後の皇華での同窓会の会場だった。

同窓会には皇華OBも多く出席していて、そこに一時帰国していた光が紛れ込んでいた。

光は海外で大学を卒業後、そのまま湯浅系列の海外支社に勤務していた。

『あなたが真尋ちゃん?』

初めて出会った時の光を覚えている。

湯浅の血筋は美形が多いのか、光もまたゴージャスな美女だった。金に近いふわふわの巻き毛に、胸元も体のラインも露《あら》わな色っぽいドレス姿は迫力満点だった。

彼女は真尋を呼び出すと、湯浅がふたたび派閥に分かれ始めていること、入社したばかりの巧の海外赴任もその影響であること、巧が日本にいないのだから身辺には気をつけたほうがいいことなどを真尋に伝えてきた。

巧の父の時は、娘婿と息子——つまり言い換えれば、姉と弟の争いだった。それが今は、いとこ同士の争いになりつつあると。

『兄も優秀よ。両親に散々巧くんと比べられて、たきつけられてきたから。そして父が敗れた分、兄を跡継ぎにするために母はどんな手段を用いても、巧くんを蹴落とそうと躍起《やっき》になる。こうして私があなたに接触できるようになったのだって、巧くんが海外に行って隙が生まれているからよ』

光にそう言われた時、真尋は強く警戒心を抱いた。

同時に、これまであまり湯浅の人間からの接触がなかったのは、巧が防波堤になってくれていたからだということも知った。

「自分の行動には気をつけなさい。あなたが巧くんの弱点だって知られないように」

忠告なのか警告なのか、よくわからない曖昧《あいまい》な態度で接してきたのが一度目。

そして二度目に接してきたのは、つい一年ほど前だ。

彼女がもたらした情報を聞いて、真尋はずっと悩んでいた養子縁組解消を決断した。

そして今日が三度目。

真尋は光を空いていたカウンセリングルームへと招き入れた。

光はいつも注意深く真尋に接してくる。だから今回もあまり人目につかないほうがいいのだろうと思った。

正直、彼女が敵なのか味方なのか、真尋にはいまだに判断がつかない。

光は「ふーん、こんな部屋があるんだ」と呟きながらソファに座った。この部屋は主に病気や術前の説明を家族にする時に使用されている。もちろん医師や看護師、カウンセラーへの相談事の場合にも利用することがある。

そのため、リラックスできるように温かみのある空間となっていた。

「巧くんが予定より早く海外勤務を終えてきちゃったから、我が家はピリピリしているらしいわ。おかげで私も日本に連れ戻されちゃったし、こうして巧くんの弱みを握るための遣《つか》いっ走《ぱし》りをやらされる羽目になったのよ」

初対面の時はゴージャス美女だった光は、今日は清楚な大和撫子《やまとなでしこ》の雰囲気だった。まっすぐなさらさらの黒髪をかきあげて前置きもなく言い放つと、にっこりほほ笑む。

反対に真尋は表情を強張《こわば》らせた。

光は知っている。巧の弱みが真尋であることを。

「日本に帰ってくるなり派手に動いているみたいね、あなたたち。さすがに今回は誤魔化しようがないわ。インターネット全盛の時代だけど、こういう醜聞《しゅうぶん》はやっぱり週刊誌に掲載されるほうが、インパクトがあるみたいね」

真尋はテーブルの上に広げられた、原稿らしきものの見出しを見た。

『湯浅家御曹司、義理の妹と結婚⁉』

まるで犯罪者について書きたてたような誌面に、自分たちが重大な罪を犯した気分にさせられる。

読みたくはなかったけれど、真尋は記事の内容に目を通した。

親同士の結婚で義理の兄妹になったこと、それからの二人の関係。

真尋が高校生の頃からいかがわしい関係だったみたいな嘘も混じっていて、話題性抜群だ。

巧との関係が公《おおやけ》になれば騒がれるだろうことは、真尋だって覚悟していた。

こういう内容の記事が出てくるかもしれないと想像もしていた。

でもこうして目の当《ま》たり《あ》にすると、やっぱり不安が募っていく。こんな記事ひとつで、巧のいる世界は壊れてしまう。

「こんな醜聞《しゅうぶん》を引き起こしたのだから、湯浅の後継者にはふさわしくない。後継者辞退、ひいては湯浅からも身を引くように、というのがうちの両親のシナリオ。ついでに、そんな息子を育てた父親の責任もとらせて、社長退任に追い込みたいらしいわ」

真尋はぎゅっと両手に力を入れた。心臓がどくどく音をたてて嫌な汗が背中を流れていく。

漠然と怖がっていたものが現実となり、不安と焦燥《しょうそう》が交互に押し寄せてきた。

巧が努力して積み上げてきたものが、自分のせいで奪われる。義父にまで影響するのだと言われれば、自分たちの関係が周囲に与える影響や被害の大きさに身震いする。

光はどことなく面白そうに真尋を見ていた。なんとなくくやしくて、きつく光を睨《にら》んだ。

巧だって馬鹿じゃない。こうしたリスクは想定していたはずだ。それでも彼は揺るがずに真尋に向かってきた。そしていつも『俺が守る』と言ってくれた。

真尋はそれを信じている。

なぜなら、ずっと守られてきたからだ。

「それで、これを見せて私にどうしろと？」

「あら、ふふ。強くなったのね、真尋ちゃん」

強くなったわけじゃない。けれど今さら巧から逃げるなんて無理だし、それならば一緒に戦ったほうがまだマシだ。

（味方はいる。私たちの関係を認めてくれている人が身近にいる。世間の目なんか気にしている場合じゃない）

両親を思い出し、そして結愛を思い出し、ついでに立花もそこに加える。

「私はただの脅し役。あなたはこれを巧くんに伝える役よ。はい、覚えてね。『この記事を出されたくなければ、湯浅から手を引きなさい』。巧くんはあなたのせいで湯浅の椅子を失うのよ」

それまで笑みを絶やさなかった光が、最後の台詞《せりふ》だけは静かに強く告げてきた。

正直ちょっと納得がいかなくて、真尋は泣きそうな気分で笑いたくなった。

湯浅の椅子を失う。

そのあとの巧はどうやって生きていくだろうか。一瞬考えて、まあそれでもいいかと真尋は思った。

あの男は真尋の想像を超えて、結局うまくやっていく。

自分はただ逃げずに彼のそばにいればいい。

そしていざとなったら、自分が働いて養えばいい。

（そのための『手に職』なんだから！）

「大丈夫よ。兄は優秀だから湯浅をひっぱっていくわ。あなたは巧くんを犠牲にして、これまで通りあぐらをかいて生きればいいわ」

光が部屋を出ていって、そしてお粗末な原稿だけがテーブルに残る。

真尋は少しだけ泣きたくなって、それでも開き直って、あえて丁寧にその原稿を折りたたんだ。

＊＊＊

『話したいことがあるから会ってほしい』

そうメッセージを送ったら、すぐさま『遅くなるけど時間はつくる』と返事があった。

そして今、真尋は久しぶりに巧が運転する車の助手席に座っている。

高校時代の送迎に使っていたやんちゃなイタリア車ではなく、ゆったり仕様の国産車だ。なぜか巧のイメージとはそぐわないなあと思っていたら、「また仕事に戻らなければならないから社用車できた」のだと言われた。

巧の仕事が忙しいことは、日々のメッセージのやりとりで真尋もわかっている。だから基本的に自分から呼び出したりはしない。

巧は会いたければ、たとえ忙しくても真尋の予定などお構いなしに会いにくる。いや、おそらく真尋が寂しがらない間隔を考えて調整しているのだと最近気づいてきた。

「めずらしいな、おまえが会いたいなんて」

「ごめんね。仕事が忙しいのに」

「仕事が暇な時なんてないいんだから、気にしなくていい。おまえが望むなら、どれだけ忙しくても時間はつくる。そう言っただろう?」

巧は真尋を病院まで迎えに来て、そしてマンションまで送ってきた。今はマンションの来客用駐車場に停車している。

巧の言葉には幾度《いくど》となく翻弄《ほんろう》されてきた。いつもなら恥《は》ずかしさが勝《まさ》るけれど、今日は嬉しさのほうが先にくる。

曖昧《あいまい》な関係で濁していた頃には見えなかったものが、巧にも自分の気持ちにもきちんと向き合うようになって、はっきり映るようになった。

光の言葉を伝えなかったらどうなるのだろう、と考えた。

そのまま週刊誌に書き立てられて、騒ぎになって、巧は湯浅を追われるかもしれない。

結局は、巧が湯浅を離れる結末になるんだなと思った。

それが騒ぎの渦中《かちゅう》で行《おこな》われるか、ひっそりと行《おこな》われるかの違いだけで。

大学在学中から会社の手伝いをして、成人を迎えると同時に後継者になると表明をした。湯浅を継ぐために頑張っていた巧の姿を真尋は知っている。

自分たちが付き合えば、巧の不利になる。

そんなことはずっと前からわかっていた。

だから離れたほうがいいのだと思って逃げ出したのに。

結局巧のそばにいたい欲を抑えられなかった。

その罰が、光に渡された紙切れとなって真尋のバッグの中にある。

「真尋？　仕事でなにかあった？」

真尋は緩く首を横に振ると、その紙切れを巧に渡した。

「巧くんに伝言を預かったの。『この記事を出されたくなければ、湯浅から手を引きなさい』だって」

巧はゆっくりと紙片を開き、しばらく食い入るようにそれを見つめていた。

「……その伝言は誰からだ」

「湯浅光さんから」

「は⁉　光！」

巧には予想外の人物だったのだろうか。しばらく固まったかと思えば、巧は考え込むようにしてハンドルに手をかける。

巧が手にした記事の『結婚⁉』の二文字が目に入って、真尋はほんの少し迷った。入籍はタイミングを見計らってするのだと巧は言った。

まだ自分たちは結婚はしていないはずだ。

今ならまだ交際期間も短いし、素知らぬふりをすればなかったことにできるかもしれない。

そうすれば巧は湯浅の椅子を失わずに済む。

「真尋、光との接触は初めてか？」

「え、あの」

「おまえのその様子だと初めてじゃないな……いつおまえたちに接点があった？　あいつはずっと海外にいたはずだ」

伯母家族とは関わるなと言われていた。真尋から関わりたくて関わったわけじゃないが、会ったことを黙っていたのを怒っているようだ。

じろりと睨《にら》んだ目は『正直に吐け』と命じている。

「接点っていうか、初めて会ったのは……成人式後の皇華の同窓会会場」

「成人式？　そんな前から⁉　なにを言われた？」

らしくない大きな声にびくりと震えると、巧が「悪い」と謝ってきた。ゆったりした車内でも閉じられた空間だ。巧の感情の揺れが真尋にも伝わってくる。

「巧くんの弱点になるなって、気をつけろって」

「なんだ、それ……」

「うん、まあなんだろうね」

言われた当時はよく理解できなかった。でも今、実際に真尋は巧の弱点になっていて、そのせいでそんな記事が出ることになるのだ。

巧はやはり少し思案したあと、もう一度手にした記事を読んでいた。

「……伝言は、湯浅から手を引け、か……」

巧はどうするのだろうか。

こんな記事が出ても構わないから放っておけと言うのか、それとも伝言の脅しに屈するのだろうか。

巧がどんな判断をくだしても構わない。

けれど真尋は、自分で出した答えを彼に伝えようと思っていた。

だからこうして忙しい巧を呼び出したのだ。

「私ね、怖かったことが現実になって……ああ、やっぱりって思った。こうなることはわかっていたから、だから巧くんとさっさと『赤の他人』になりたかった」

「俺との醜聞《しゅうぶん》は……やっぱり怖いか」

巧の声はかすれていた。

外灯の明かりからはその顔色まではわからないけれど、もしかしたら青褪《あおざ》めているのかもしれない。

傷ついたような、責めるような表情に真尋もまた泣きたくなる。

「そりゃあ、怖いよ。騒ぎになるのは目に見えている。病院にだって迷惑がかかるだろうし、好奇の目で見られちゃう。巧くんなんてきっと私の比じゃないよ。会社にマスコミが来るかもしれないし、お義父さんにだって迷惑をかける。だから嫌だった」

「真尋」

「お母さんの時も騒がれたんだって。おじいちゃんとおばあちゃん、それから叔父さんまで巻き込むことになって大変だったたって聞いた。だから孫の私までそんな負担をかけちゃいけない。お母さんの時と同じような目に遭わせちゃいけない」

幼い頃、お酒の席になると母の親族たちは昔の話を持ち出しては迷惑だったと語っていた。真尋はまだ子どもだからわからないと思ったのかもしれない。でも父親がいないのはそういう理由なのだと、親切に教えてくれる輩《やから》がいた。

結婚の時も大変だった。

皮肉にも幼い頃のその経験があったおかげで聞き流すことができた。

だから自分だけは……そんな迷惑をかけずに生きようと思っていたのに。

巧がじっと真尋を見つめる。

真尋も目をそらさずに巧のその視線を受け止める。

手にしていた記事がぐしゃっと巧の手の中で握りつぶされた。

「真尋、俺は『余計なことは考えるな』と言ってきたはずだ。ついでに『余計なことは口にするな』。俺はおまえの口から余計なことは聞きたくない」

「巧くん！」

「真尋、部屋まで送る。車を降りろ。伝言は受け取った。あとは俺が考える」

巧はシートベルトを外すと車のドアを開けようとした。

真尋はすぐさま巧を捕まえる。

「巧くん！　どっちでもいいよ！」

「は？　なにがどっちでもいいんだ！」

「伝言なんて無視して、この記事が掲載されてもいいし、巧くんが湯浅の椅子を捨てるなら、それでもいいから！」

巧の動きが止まって、真尋はさらに言葉を連ねた。

「巧くんがどんな結論をだしても私は大丈夫。騒ぎになったらなったで、おじいちゃんたちには申し訳ないけど開き直るし、それで巧くんが湯浅から追い出されたら私が養ってあげるから！」

巧は目を見開いて、じっと真尋を見る。

おそらく真尋の言葉の意味を理解しようとしているのだろう。

浮いていた腰が落ち着いて、そして体からは力が抜ける。

そうしてしばらく黙り込んだ後、巧は肩をふるわせ始めた。

「た、巧くん？」

私が養う発言に感動しているのだろうか。

それでも真尋の出した結論はそれに尽きる。

どっちに転ぼうと巧の未来が危《あや》ういことには変わりはないのだ。

真尋は今の病院を辞めざるを得ないかもしれないけれど、全国的に看護師は不足しているから、ほとぼりが冷めればすぐに次の職場が見つかるはずだ。

それにいざとなったら海外へ出てもいい。そのために真尋は必要なスキルを皇華の大学で学んできた。

「ふっ……く、くっ」

「巧くん？」

すぐさまそれは大爆笑に変わって、真尋は初めて見るそんな巧の姿に呆気《あっけ》にとられた。

いつも上から目線で命令ばかりの俺様御曹司なので、無邪気に笑う姿なんか滅多《めった》にお目にかかれない。

いや、無邪気と言うよりも、真尋がした覚悟を笑われている気がして、だんだん腹が立ってくる。

「なにがそんなにおかしいの！　わ、私はいっぱいいろいろ考えて」

「いや、悪い。真尋、ごめん。あまりにも予想外すぎて驚いただけだ」

驚いてはいたようだが、それだけではないはずだ。

なのに一旦落ち着いた巧は、真尋をぎゅっと抱きしめた。真尋のシートベルトがひっかかったのに気づくと、すぐにそれを外して、そして無理な体勢のままやっぱり抱きしめてくる。

「巧くん」

「いや本当に、俺が湯浅じゃなくなっても、おまえが養ってくれるの？」

「身の丈にあった生活になるけどね」

「俺が湯浅を捨てても、おまえは俺を捨てない？」

「正直に言えば、湯浅は面倒だからむしろないほうがいいよ。私、何度も巧くんが御曹司じゃなければいいのにって思ったもの」

そう、ただの一般家庭だったらまだましだったはずだ。

ご近所さんには噂されるかもしれないし、他人から奇異な目で見られるかもしれないけれど、そんなのだって引っ越してしまえば関係ない。

巧は動けないから――彼のうしろには湯浅という鎖があってそれを解《ほど》けないから、だからずっと苦しかった。

「いいな、それ。おまえに養ってもらって俺が主夫になるか」

「巧くんはダメダメな主夫だろうけどね」

「まあ、だったらやっぱり仕事を探すしかないいな」

「巧くんくらいふてぶてしかったら、どこででもやっていけるよ」

真尋もゆっくりと巧の背中に腕を回した。そしてこっそり彼の肩の上を払う。

こんなふうに彼が背負っているものを簡単に払えればいい。

だけど、捨てるのも背負うのも巧が選ぶことだ。

湯浅を継ぐのだと早々に表明して邁進《まいしん》してきた彼が、それを捨てるなんて想像もつかないけれど。

「湯浅を捨てても……私は捨てないで」

できれば両方捨てないでほしいけれど、でもやっぱり一番は自分でありたい。

我儘《わがまま》で傲慢《ごうまん》な欲を、おそるおそる巧に告げる。

「湯浅か真尋かどちらか選べって言われたら、俺は迷わずおまえを選ぶ」

ためらうことなく巧は即答した。

「お義父さん泣いちゃうね」

「むしろ嬉し泣きだろう」

希望通りの答えが嬉しいのか、悲しいのか、真尋にはわからなかった。
ただ感情がひどく溢《あふ》れて揺れて涙となってこぼれてくる。
一番怖いのは巧自身を失うこと。
その軸がぶれなければ、真尋はいつだって巧を一番にできる。
「本気だ、真尋。俺が欲しいのはおまえだけだ。おまえ以外なにもいらない」
きゅっと強く真尋の髪が掴《つか》まれる。少しだけ伸びたその髪に巧はキスを落とした。
高校生の頃、初めてそうされた時のドキドキが思い出されて、胸がいっぱいになる。
目が合うと自然に顔が近づいて唇が重なった。
——お兄ちゃんはいらない。
真尋が欲しかったのも巧だけだ。

巧はその後、やっぱり名残惜しそうに仕事に戻って、そして『しばらくは会えない』
とメッセージを送ってきた。
真尋は気になりながらも、巧を信じて待ちながら仕事に集中した。
そして二週間後——
湯浅製薬が海外の製薬会社と合併《がっぺい》するというニュースが流れた。

＊＊＊

湯浅製薬や湯浅一族に対してあまり興味関心がなかった真尋でも、さすがにここ数日はニュースやワイドショーに釘付けになっていて、あまりに知らな過ぎたことを少し反省したぐらいだ。

湯浅製薬は多くのグループ企業を抱えていて、今回海外企業と合併《がっぺい》するのは、製薬会社と病院以外のすべてのグループ傘下らしい。

つまり、湯浅製薬は規模を縮小して病院で使用する医療用医薬品事業に特化し、その他の非医薬品事業が海外資本と経営統合することになったのだ。

湯浅製薬は巧の父が、その他のグループ企業は一旦現在の副社長がトップに立って調整を図る。

製薬会社としての収益よりも、グループ企業の収益がメインになっていただけに、それを切り離した湯浅製薬の企業価値は落ちたも同然だと、情報番組が騒いでいた。

唯一評価されたのは、大規模なリストラだけは行《おこな》わないという部分だ。

そして、業績が悪かったわけでもないのに、あえてグループ会社を整理したことについては疑問の声もあがっていた。

真尋はニュースが流れてすぐに巧や母に連絡をとったが、落ち着いたら連絡するからそれまで待ちなさいと言われ、待つしかなかった。

そして今日、仕事を終えた真尋は、久しぶりに母が働く湯浅系列の総合病院へと足を踏み入れていた。

なぜなら、巧の祖父が倒れて入院したと知らされたからだ。

湯浅の親族に会うのには抵抗があったけれど、それでも母から呼び出されれば行かないわけにはいかない。

なにより、こういう状況だけれど巧に会うことができるかもしれないという邪《よこしま》な期待もあった。

特別室行きのエレベーターのほうへと足を向けると、ちょうど到着したのか、中から人が出てきて真尋は立ち止まった。

見覚えのある集団に、タイミングの悪さを呪いたくなる。隠れる場所など当然なくて廊下の端に寄ると、真尋は頭をたれて彼らが通り過ぎるのを待った。

「あら、あなた」

できることなら気づかれたくなかったのに、相手は目敏《めざと》かったようだ。

コツコツとヒールの音を響かせて、集団から抜けてやってきたのは巧の伯母だった。

「赤の他人になったはずの人間がなんの用なのかしら？　こんな状況なのにのこのこ姿を現すなんて、相変わらず本当に親子そろって図々しいこと」

初対面の時から、彼女からはいつも刺々《とげとげ》しい言葉を吐かれてきた。

少し高めの声は薄暗い病院の廊下でやけに響いて、効果的に剣呑《けんのん》とした空気を伝えてくる。

苛立ちと怒りと蔑《さげす》みの混じったそれらには、いつまでも慣れない。

「もしかして父の遺言状のことでも聞いたのかしら？　今さら、財産目当てで養子縁組解消に不服を申し立てにでも来たの？　巧までいいようにたぶらかして……あなたたち親子にはモラルがまったくないのね。親が親なら娘も娘だわ。だから再婚なんて反対だったのよ！」

巧との関係を知っているのだろうか。

モラルがないと言われれば、そうなのだろう。

だから、自分のことはどれだけひどいことを言われても構わない。けれど、母のことまで言われるとどうしても反論したくなる。

湧いてくる苛立ちを真尋は必死に抑え込んで、無言を貫いた。

以前、どうしても我慢できなくて言い返したことがあった。巧の伯母はものすごく逆上して大騒ぎになったのだ。

こういう輩《やから》になにを言っても無駄なのだと、どんな言い訳も通用しないのだとその時に学んだし、耐えるのが一番の解決法なのだともわかった。

なにをしても、どう言っても相容れない相手がいる。

それが彼女だ。

「なにか言いなさいよ。黙って聞き流せばいいとでも思っているんでしょう！　あなたみたいなふてぶてしくて生意気な女のどこがいいのかしら！」

「お母さん！　なにやっているの⁉」

別のエレベーターから出てきた光が、慌てて駆け寄ってくる。

そして母をなだめるように、真尋との間に身を滑らせた。

「光、だって！」

「この子に関わってはダメ。さっき巧くんと約束したばかりでしょう？　これ以上、彼を怒らせるのはやめて！」

「わかっているわよ！　こんな子、頼まれたって関わりたくないわ！」

光はすぐさま、周囲にいた人に彼女を車まで連れていくよう頼んでいた。何事かと遠巻きに見ていた人たちも、それでようやく動き出す。

悪意を向けられるだろうと想像はしていても、実際こうして罵声《ばせい》を浴びるとやはり怖くなる。

巧の身内だから、本当ならば嫌われたり憎まれたりはしたくない。

けれど、どうしてもわかりあえない人たちはいる。

決して味方にはならない人たちがいる。

周囲の人すべてに祝福されるなんて甘えたことを考えてはいけない。

「真尋ちゃん……こっち」

一人残った光が、真尋を休憩スペースのほうへ誘った。

真尋が迷っていると「部屋には関係者がまだ残っているし、今は取り込み中だから終わってからのほうがいいわよ」と言われ、従うしかなかった。

本来は面会時間外ということもあって、院内の人気《ひとけ》は皆無《かいむ》だ。

「コーヒーでいい？」

と自動販売機の前で振り返った光に問われて、真尋は首を横に振った。

喉が渇いている気もしたけれど、なにかを口にしたい気分でもない。

久しぶりに他人からの批難を浴びて嫌な疲労が体にのしかかる。

けれど巧のそばにいる限り、彼らとの付き合いがゼロになることはないだろうし、印象をよくすることもできないのだろう。

きっとこれからもぶつかっていく壁だ。巧を手に入れた代償なのだから耐えるしかない。

飲み物を手にした光とは少し距離をあけて、真尋は椅子に座った。

「湯浅のおじいさまの容態は大丈夫なんですか？」

気を取り直して、真尋は気になっていたことを問うた。

「大丈夫よ。今回の件が寝耳に水だったから血圧が上がって倒れただけ。まあ、でも無理は禁物だけど」

「取り込み中っていうのは？」

「弁護士が来て、まあ株式やら財産やらの話し合い中よ。おじいさまが会社の株を手放さないと話が進まないから」

光はいろいろ詳細を知っているようだ。彼女に聞けば教えてくれるのだろう。けれど、真尋はなにを聞いていいかわからなかった。

会社のことはほとんど知らずにきたし、湯浅から離れた無関係の他人が、今さら聞いていいとも思えなかった。

ただ、ニュースで流れているようなことが今、着々と進んでいる。

「おじさま……巧くんのお父さんは業務拡大に積極的じゃなかった。でもうちの父は実家のこともあったから手広くやろうとしたの。おかげでグループ全体の売上高は上がったけれど負債も膨らんだ。もちろん倒産するほどじゃない。けれどそのしわ寄せは主要業種である製薬部門にきた」

光が淡々と語るのを、真尋は静かに聞いた。

「新薬の研究開発費って莫大《ばくだい》なのよ。そしてその費用を回収するのにも時間がかかる。

だから製薬部門を切り離そうって動きも出ていた。特許期限が切れた薬は減収になるし、海外のメガファーマにはおいそれとたちうちできない。方向転換するしないで揉めて、どちらの跡継ぎにつくかで揉めて、社内はバラバラ。いつ第三者の横やりが入ってもおかしくない状態だった」

義父も巧もいつも忙しそうにしていた。

けれど、彼らが会社の状態について不満や愚痴《ぐち》を漏らすことはなかった。そんな不安定な状況の中で彼らはずっと一生懸命仕事をしていたのだ。

巧が時折寄越す『疲れた』『面倒くさい』などのメッセージを、もう少し親身になって聞いてあげればよかったと思う。

「巧くんは早期に跡継ぎ表明して、経営に深く参画していたから、湯浅が抱えている問題点を把握《はあく》していた。だからずっと、それらを解決するために動いていたの。そして私も兄もそれに協力していた」

最後の言葉に驚いて、真尋は光を見た。

光が敵か味方かずっと判断がつかなかった。ふらりと真尋の前に姿を現しては、思わせぶりな言動で揺さぶってきた。ついこの間、週刊誌の記事を見せられて伝言を預かった時には、敵だと思った。

「うちの母はずっとね、おじさまや巧くんにライバル心を抱いていた。だからあなたたち親子なんて格好のいじめの対象。でもあなたのお母さんはおじさまに守られていたし、あなたは巧くんに守られていた。それでもまだあなたには手を出す余地があったから、私がその役目を負って誤魔化してきたの。母にはいろいろ嘘の報告を混ぜてね。巧くんの動きが活発になって焦った母は、私がたいした情報を持ってこないから、他の人にも頼んだみたい。だからあんな記事が出そうになった。あれが出て困るのは巧くんだけじゃなくて、うちもなのに、そういうことわかっていないのよ、あの人は」

光は肩をすくめるとコーヒーを飲む。自分の母親のことを客観的に、そんなふうに語る光を見ていると、彼女もまた思うところがあったのだと気づいた。

(本当に私……なにも知らな過ぎた)

巧からも湯浅一族とは距離を置けと言われた。その言葉に甘えて、なにも知ろうとしなかった。

一気に情報を与えられたせいで頭の整理が追いつかない。

「でもあなたは、巧くんに湯浅を捨てろって」

そう、だから光は味方ではないと判断したのだ。巧に協力していたという言葉が本当だとは限らない。

「そうよ。それが私からの合図。もう母を抑えようがないから、事が大きくなる前に実行したらっていう提案。だから巧くんは動いた。まあ、あなたをちょっと脅かしたのはわざとだけど」

　光はわずかに口元を歪《ゆが》めた。そんな皮肉な笑みでも、美人がすると様になる。

「巧くんに協力してきたのは確か。でもあなたのことは正直好きじゃない。巧くんに守られているくせにその自覚もない。むしろあたりまえに思っている。彼に曖昧《あいまい》な態度をとって、振り回してすぐに逃げようとする。今回の件だって巧くんは——母とおじさまとの確執をゼロにするため、そして湯浅一族から距離を置くために決断した。それらは全部あなたのためよ。わかっていないでしょう？」

　光の言葉に血の気が引く思いがした。

　ニュースで見た時は大変なことが起こったんだと思った。けれどそれは会社の事情としての出来事だと一歩引いて見ていた。

　確執をゼロにして、湯浅一族と距離を置く——それがすべて自分のため？

「捨てたのよ、あなたのためにね」

「捨てた？」

「そうでしょう？　湯浅はグループ企業を整理したの。巧くんが切り離した会社は、うちの父が守ってその跡を兄が引き継ぐ。湯浅の製薬部門はおじさまが引き受けるけれど、規模縮小で苦境に立たされる。けれど、後継者争いも母とおじさまの確執もこれで終わり。母があなたたち親子にちょっかいをだす必要性はなくなったの。言ったでしょう。あなたたちに関わらないことが、巧くんの出したうちの父に会社を譲る条件のひとつなんだから」

会社を分裂させることで、確執を終わらせた。

会社を犠牲にして真尋たち親子を守った。

『おまえの不安は必ず解消する。俺を信じろ』

視界がぼやけていく。

けれど光の前で泣くのは嫌で、真尋はしきりに瞬《まばた》きを繰り返した。

巧はいつから決めていたのだろうか。

跡を継ぐと宣言したのも、もしかしたらこのためだったのだろうか。

会社を存続させるためでも、手に入れるためでもなく、むしろその逆をするためにずっと動いていたのだろうか。

「嬉しい？　そこまでして守られて」

「そんなこと！」

「でも、あなたはなにも知らずにずっと守られてきた。あなたの幸せは、彼の犠牲のうえに成り立っているんだって思い知ればいい」

「真尋！」

廊下に足音が響くと同時に大きな声で名前を呼ばれた。

光が「あらあら、王子様のおでましね」と呟いて、ゆったりとした動作でコーヒーのカップをゴミ箱に捨てた。

巧は足早に近づいて真尋の様子に気づくと、守るように背を向ける。

「光……真尋になにを言った」

「甘ったれたお姫様に、真実をほんの少し教えただけよ」

「余計なことはするな！　だいたいおまえは、勝手に真尋に接触してどういうつもりだ！」

「私がカモフラージュしてあげたから、変な輩《やから》は近づかなかったんじゃない。むしろ感謝してほしいぐらい。さっきだって、よりによって興奮している母とニアミス。わざわざ庇《かば》ってあげたんだから」

光は手にしていたバッグを肩にかけなおして、怒鳴る巧など気にせずに真尋をじっと見る。

ねっとりとしたその視線には、いろんな思いが滲《にじ》んでいるようだ。

「『義理の妹』だったってだけで……庇《かば》われて、守られて、いいご身分ね、本当に」

「光！」

「はいはい。お約束通り私たちは近づきませんよー。私には巧くんがここまでする価値がある子だとは思えないけどね」

「余計なお世話だ！」

光の目には真尋の存在が疎《うと》ましく映っているのがはっきりと伝わってきた。

二人のやりとりを見ていると、いとことして巧に協力してきたことはわかるけれど、それが不本意であったことも明らかだ。

光は「じゃあね」と真尋にわざと声をかけて、意味深な笑みを浮かべたあと、去っていく。

「真尋、大丈夫か？」

自分を庇《かば》う巧の背中を見た時、こうしてずっと守られてきたのだと思った。

真尋は巧の背中を見るばかりで、彼が対峙《たいじ》している世界を知ろうとはしなかった。

巧がなにを思い、考え、そして決断してきたか気づかないでいた。

彼が背負っているものを、振り払いたいと思ってはいたけれど、捨てさせたかったわけじゃない。

いや、わからない――湯浅一族から距離を置きたかった。

彼が御曹司でなければと思った。

――『湯浅を捨てても……私は捨てないで』。それが本音だった。

「真尋？」

「今回の騒動は……私のせい？」

巧はこれまで、どれほどのものを犠牲にしたのだろうか。そして彼は、これからもなにかを取捨選択していくのだろうか。光の言う通り、それほどの価値が自分にあるのだろうか。

もやもやと嫌なものが心の中に染みをつくる。

巧は、はあっと深く息を吐くと真尋の隣に腰をおろした。

「うぬぼれるな、バカ。そんな私情だけで動くほど俺はバカじゃない。会社のことは父さんとも相談して進めていたことだ」

「でも……」

「頼むから。俺以外の人間に傷つけられたりするな。雑音に耳を貸す必要はない」

巧の手が伸びて、真尋の頭をそっと撫《な》でた。

こんな場面で泣くなんて卑怯《ひきょう》だと思うのに、涙が勝手にこぼれてくる。

乱暴に目元を拭って巧を見た。

ほんの少しやつれている気がする。きっとずっと忙しかったに違いない。今だって、こんなふうに真尋に説明している時間などないのかもしれない。

それでも巧の手は真尋の頭を撫《な》で続けるし、こうしてそばにいてくれる。

「父さんが社長に就いても、派閥争いは落ち着かなかった。優秀なトップが二人いることも、その方向性がほぼ真逆なこともネックでしかなかった。父さんたちの間の溝《みぞ》は深くて修復は不可能。切り離すしかなかった」

薄暗い廊下の奥で巧の抑揚《よくよう》を抑えた声が響く。

光によってつけられた傷は痛むけれど、巧はそれを癒《いや》そうとしてくれる。

「それらをうまく主導するために、俺は早々に跡を継ぐ表明をして会社内部に関わった。何度も話し合いをして、いとこたちの協力も取りつけた。俺たちの世代まで禍根《かこん》を残して、大事なものを巻き込むのはごめんだ。この結末は父さんも俺も望んだものだ」

真尋は巧にもたれるようにして体から力を抜いた。

真尋が無意識にぎゅっと握り締めていた手の上に巧の手が重なって包み込む。長い指に大きな手は男性にしては綺麗《きれい》で、ずっとこの手が真尋を守ってきた。

「世界のすべてを味方にすることはできない。でも大事なものの周囲を味方で固めることはできる。俺たちの関係を受け入れてくれる人間で周囲を固める。それが俺の守り方だ」

指を絡めるようにして、巧の手をぎゅっと握った。

彼もまた、決して離さないというように力をこめる。

真尋はふと、結愛を思い出した。

彼女は高遠のお屋敷という大きな鳥籠《とりかご》の中にいる。

閉じ込められているように見えなくもないのに、彼女は扉が開いても逃げ出したりはしない。

むしろ喜んでその籠《かご》の中に居続ける。

自由に飛びたって空を飛ぶのを望む人もいるだろう。

けれど、あえて一つのところに留まって、その世界を堪能する生き方だってある。

『皇華はね、大きくて美しいものに守られるような華になりなさいって意味があるんだって』

生徒の間でこっそり伝わっているのだと結愛から聞いた時、なんて閉鎖的な学校なんだという感想しか抱かなかった。

結愛は『守られるなんてお姫様みたいで素敵——ってみんな言っていたんだけど……』とぼやいていた。

真尋は、自分が華だとは思えないけれど……守られて生きてきたのだと強く思う。

巧は真尋を守るための世界を作ってくれた。

最初から言い続けていたように、彼は守ってくれた。

だったら、その世界の中で生きていくのもきっと悪くない。

味方を少しずつ増やして、その大事な人たちを精いっぱい大事にする生き方もいいと、今なら思えるから。

どんなに世間の目が厳しくても、それに傷つけられることがあっても、自分の気持ちからも、巧からも逃げない、それが真尋にできることだ。

「じいさんに伝えに行くぞ」

なにを？　とは聞かなかった。

「体調が悪いのではないの？」

「機嫌はすこぶる悪い。だから、いいニュース聞かせるぞ」

「いいニュースになる？」

「なるよ。おまえをかわいがっていたのはじいさんだろう？」

母たちの結婚を後押ししたのは、巧の祖父だ。

当時母が勤めていた病院に出入りしていた真尋は、母よりも先に、入院中の巧の祖父と知り合っていた。

お散歩中に会うおじいさんは、真尋を孫のようにかわいがり、担当看護師の娘だと知ると余計に目をかけてくれた。

そして、母がシングルマザーだと知って、息子と会うよう仕向けたのだ。

それは巧の祖父と自分との二人だけの秘密だったのに、どうして巧は知っているのだろうか。

「報告したら、一緒に婚姻届けを出しに行こう」

関係者はもう帰ったからと言われて、巧に手をひかれて真尋はエレベーターに向かった。

巧の言う通りに喜んでくれるかはわからないけれど、自分たちの関係を伝えることへの不安は少しずつ和《やわ》らいでいる。

そうしていつかは、『元義理の兄』と結婚しました、と堂々と言えるようになるのかもしれない。

真尋はそんな未来がくることを願った。

＊　＊　＊

婚姻届けは二十四時間いつでも受けつけてくれる。とてもありがたい制度だと巧は思う。

巧の予想通り、祖父は最初こそ驚いてまた倒れそうになっていたけれど、ようやく今回の騒動の発端に気づいたようだった。

喜びと不満が入り混じった複雑な表情で「そうか」とだけ呟いた。

少しでも納得してもらえたらいい。そうすれば、今後の予定も多少はスムーズに進むはずだ。

そうして病室をあとにして、巧は有無を言わせずに真尋を自分のマンションに連れてきた。

巧は明日、一応は休日だが様々な処理があるため会社に行くつもりだ。真尋は準夜勤なので夕方からの出勤となる。

ゆっくり過ごせるわけではないが、それでも今回の騒動でなかなか会えずにいたから、些細《ささい》なチャンスも逃《のが》せない。

真尋がバスルームに向かったのを確かめて、巧はとある人物に電話をかけた。

「こんばんは。今お話しして大丈夫ですか？」

『ああ』

電話の向こうの声はいつでも穏やかだ。

この人が声を荒らげるところはあまり想像できない。先にプライベートで知り合ったせいか、彼に関して巷《ちまた》に広まる噂はまだ実感できていなかった。

だが、敵に回したくない人物であることだけは確かだ。

「今日、祖父と手続きを済ませました。ええ、これから忙しくなると思います」

『わかった。僕のほうでも準備を進めよう』

「お願いします。それから婚姻届けを出しました。署名もありがとうございました」

『おめでとう。結愛も喜ぶよ』

婚姻届けの証人欄の一か所は父に、そしてもう一か所は高遠駿に署名してもらっていた。

「それから、警戒対象に俺のいとこの湯浅光を入れてください」

『彼女は協力者だったんじゃないのか？』

「協力者ではあったんですが、真尋に余計なことを吹き込んでいたみたいで。今後は近づけないようにお願いできますか？」

『警備担当に伝えておくよ』

「ありがとうございます」

それから、いくつか仕事の話をして電話を切った。

——巧が高遠駿と知り合ったのは、あるパーティーがきっかけだった。

駿の婚約者である結愛と真尋が友人だった関係でパーティーに出席し、そこで初めて対面したのだ。

彼の婚約者への溺愛ぶりを見て、この人は自分と同類だと思った。おかげであまり身構えることなく、適度な距離で付き合うことができたと言える。

そして海外赴任が決まり、挨拶《あいさつ》に向かった際、駿に切り出されたのだ。

『君が日本を離れる間、彼女のことはどうするんだい？』と。

正直、日本を離れている間、どう真尋を守るかは巧にとっても懸念《けねん》事項だった。

大学生になると真尋の行動範囲は多少広まったものの、バイトは禁止したし、高遠家のサロンに通わせることで、制限をかけることができた。

なにより、いつだって自分が彼女の元に駆けつけることができていた。

ところが、急に海外赴任が決まり、その引継ぎで忙しく、そのあたりのことは後手《ごて》に回っていたのだ。

そんな時、駿から結愛の兄が警備関係の仕事をしていること、個人的な融通《ゆうずう》が利くことを聞かされ、いずれはそちらの方面の事業展開を検討しているから、モニター代わりに利用しないかと提案されたのだ。

彼はどうやら自分の婚約者を守るために随分手をかけてきたらしく、ノウハウだけはあるんだよ、と自慢げに笑っていた。

巧は駿の言葉に甘えて利用することにしたものの、最初は真尋のプライバシーをできるだけ尊重したくて、緩めの警護を依頼していた。

しかし、『合コンに行って、からまれていたので助けに入った』だの『つけ回している男がいたので証拠を固めたうえで警察に通報した』だの『湯浅の関係者が身辺を探っている』だのと次々と報告が入り、警戒レベルを上げる羽目になったのだ。

光に関しては、いとこであり味方だと伝えていたので警戒対象にならなかったのだろう。そのせいで、真尋への余計な接触を許すことになった。

真尋から、あの下世話な週刊誌の記事を見せられた時は、驚くしかなかった。

光が真尋に接触していたことも驚きだったし、脅しともいえる内容を伝えられたのも予想外だった。

光が自分で記事を捏造《ねつぞう》したのかと疑ったほどだ。

結局、あれは本当に三流雑誌が世に出そうとした記事だったらしく、どうしてこれで自分や真尋だけを追い詰められると思ったのか、伯母の神経を疑った。

あんなふうに書き立てられれば、会社への影響は免《まぬが》れない。そうすれば、結局は自分の首を絞めることになるのだ。

伯母にはもうそういう視点などなく、ただどんな手段を使ってでも自分たちを貶《おとし》めたいと考えていることだけはよくわかった。

光を問い詰めれば『あれで真尋ちゃんの本音がわかったでしょう？　むしろ感謝しなさいよ』と開き直られてしまった。

真尋は光の思惑にはまって、真剣に悩んだようで、そのうち彼女の口から別れ話が出るのではないかと、それはそれで恐怖だったのだ。

幸い、別れ話ではなく、彼女なりの決意を聞かされて安堵《あんど》したものの、それはただの結果論に過ぎない。

せっかく恋人同士になれたのに、真尋の口から別離の言葉など聞きたくはない。

想像しただけで怒りが湧く。同時にどす黒い感情に包まれる。冗談ではなくおかしくなりそうだ。

（あれは本当に心臓に悪かった……）

「巧くん。私やっぱりソファで寝ようか？」

寝室のドアを開けながら、真尋がおずおずと提案してくる。

今夜は疲れたからセックスはしないでほしいと、最初に釘を刺された。

そうでなければ自分の部屋へ帰ると言われて、渋々応じたのだ。

久しぶりに会ううえに、ようやく婚姻届けを提出した大事な夜だ。

巧としては愛を確かめるために抱きたくてたまらないが、だんだん行為が激しさを増しているせいか、どうやら真尋には警戒されているらしい。

看護師という仕事の大変さは巧だって理解しているつもりだ。

精神力も体力も必要とされるから、連日勤務が続いていたのだと聞けば、労《いたわ》ってやりたいと思う。

そのうえ今夜は、伯母や光とのやりとりで精神的に疲弊《ひへい》しているし、婚姻届けを出したことで帰宅が遅くなった。

「今夜は寝るだけだって言っただろう。俺が信用できないか」

「これに関しては信用できない」

「いいから来いよ」

真尋の警戒は正解だ。

一晩休めば少しは元気になるはずだ。今夜がダメなら、明日早めに起きてやれたらとは考えている。だが、そんな計画はひた隠しにする。

真尋は結局、ぶつぶつ言いつつ巧の隣に体をすべりこませてきた。

「真尋、おまえじいさんの遺言の内容、知っていたのか？」

抱き寄せた体がびくりと震えて巧は正解を知った。

財産関係の整理を行《おこな》ったため、今夜祖父は遺言書の書き換えも同時に行《おこな》った。そこで初めて、それまでどんな内容が書かれてあったかを知ったのだ。

会社や家や土地の分配以外に書かれていたのは、孫への遺産相続に関する条項だった。孫には一律○○と書かれてあっただけだが、そこには真尋の分をきちんと確保するための但し書きが記載されていた。

これがもし祖父の死後に公開されていたら、真尋は確実に親族から責め立てられただろう。やっぱりお金目当てだっただの、血が繋がっていないのに図々しいだのと批難されるのは目に見えている。

しかし、養子縁組を解消した時点で、真尋はその資格を失った。

「光さんが教えてくれたの。おじいさまにもしものことがあった場合、あなたにも遺産が分配されるようになっているって。もしそうなれば、また湯浅一族は揉めることになる。それを避けたいなら、養子縁組を解消したほうがいいって」

渋々真尋が話す。

確かに揉めるだろうし、光の言うことも一理ある。しかしそんなものはどうにでもなる。光は言葉巧みに人をうまく操ることができる。そうして社内の様々な情報を引き出して巧に提供してくれていた。

だから、真尋が彼女の言葉に翻弄《ほんろう》されるのも無理はない。

それにしても、光はよほど真尋に思うところがあるようだ。そんな素振りを感じたことがなかったから、油断した部分はある。

今後はもう二度と近づけないようにしたほうがいい。

「でもね、それはただのきっかけにすぎないの。養子縁組を解消したいとはずっと思っていたから。だから遺言書のせいだけじゃない」

(それは俺から逃げるためか？　それとも俺と向き合うため？)

そう聞きそうになって巧はやめた。

どちらにしても、一度他人になる必要はあった。

結果的によかったのだと思ったほうが精神衛生上いいだろう。

「もういい。ようやくおまえを湯浅真尋にしてやれたから」

去年まではそうだったじゃないと真尋は笑う。

同じ湯浅でも、それは父と養子縁組をしたからであって、巧のものだったわけじゃない。今夜婚姻届けを出したことで、彼女は名実ともに自分のものになった。

「俺の妻としての湯浅真尋だろう？」

「そうだね」

ほんの少しはにかみながら、同時に面倒くさい男だなと思っていそうな真尋の表情に、相変わらずそういう部分だけはわかりやすくて生意気だなと思う。

でもそれがとてもかわいくて仕方がない。

そして巧は、ベッドサイドの引き出しから、彼女が自分のものだと示すための証《あかし》を取り出した。

＊　＊　＊

巧の手になにやらアクセサリーらしきものが見えたので、真尋は体をきちんと起こして、ベッドの上なのになんとなく正座した。

この男はイケメン御曹司様の割には、あまりシチュエーションとかムードとかを考えないらしい。

プロポーズもどきをしてきたのだって、このベッドだったことを思い出す。

「仕事の時は指につけられないんだろう？　だから鎖に通した。結婚指輪も難しいなら、それとは別に腕時計でも選ぶか？　それならずっと目に見えるところにつけられるし」

鎖に通されたそれは、婚約指輪のようだ。

「本当は二十歳の誕生日に贈るつもりだった」

そう呟くと、巧は器用に鎖の留め具を外す。

巧はずっと『二十歳』を真尋に意識させてきた。そうすることで将来を示唆《しさ》してきた。

その証のように、誕生日にはアクセサリーを贈られていたのを思い出す。

服やバッグはクリスマスに買ってやるからといって、誕生日プレゼントだけはアクセサリーからしか選ばせてくれなかった。

十六歳の誕生日にはネックレス、十七歳はイヤリング、十八歳はブレスレット、十九歳は腕時計。

二十歳の時、巧は日本にいなくて『指輪は延期だ』と言って、またネックレスをくれた。

アクセサリーを贈られるたびに、彼の前で身に着けて、それを見た巧が満足そうに笑みを浮かべていた姿を思い出す。『似合う?』と聞けば『俺が選んだんだから当然だ』と言って。

真尋のジュエリーボックスにはそれらがきちんと収められているけれど、指輪だけはなかった。

巧は自《みずか》らつけてくれるつもりなのか、目線だけでうしろを向けと命じてくる。

真尋は首を緩く横に振ると、左手を差し出した。

「サイズ……確認しなきゃ」

はめて、と素直に言えなくてそんなふうに誤魔化した。我ながらかわいくない。

二十歳の誕生日に贈られるはずだった指輪には、きっと巧の想いが深く込められているに違いない。

「俺がサイズを間違えるわけない」

巧は真尋の意図に気づいて苦笑すると、鎖からそっと指輪を抜いた。

「誕生日はまだ先だけどいいの？」

「いいよ。それはそれで準備する」

真尋の左手を支えて、巧はゆっくりと薬指に指輪をはめた。

自信満々に宣言した通り、サイズはぴったりだ。

それは十九歳までプレゼントされてきたアクセサリーと同じシリーズのデザインで、
一粒ダイヤが可憐《かれん》に輝く。

「ありがとう、巧くん。大事にするね」

胸がいっぱいになって、声がほんの少し震えた。

慌ただしい中で流されるように入籍したせいか、あっという間に『湯浅真尋』に戻っ
たせいか、結婚したという実感が湧かなかった。

今、この指輪を目にして、ようやく巧と『義理の兄妹』ではなくなったのだと思った。

名前は同じ『湯浅真尋』だけれど、『義兄妹』ではなく『妻』となった。

同じでもまったく意味が違うのだと、深く自覚する。

仕事をする時は鎖に通したほうがよさそうだけれど、休みの日や彼と過ごす時間はこうして指にはめられたらいい。

「真尋。おまえがもし俺の実の妹だったとしても、俺はおまえを愛したよ」

突然の巧のそんな言葉に、ありえないとわかっていながら驚いて顔を上げる。

巧の目にはからかいの色など一切なくて、彼の本気を教えた。

たとえ『実の妹』でも愛した——だから『義理の妹』なんてなんの障害にもならないと言いたいのか？

「それは……ちょっとどうかと」

たとえ近親相姦だったとしても構わなかった——それだけ本気なのかもしれないけれど。

「究極だろうが。感動しろよ」

真尋は、時々この男は馬鹿なんじゃないだろうかと思う。

だが『実の妹』だったとしても、この男ならなんとかしてしまいそうな気がする。

そして不本意だけれど、自分もやっぱり同じ結論に辿《たど》りつきそうだ。

どんな関係だったとしても巧を欲したに違いない。

他のなにを犠牲にしても――互いを求め合う。

「私は、巧くんが本当のお兄ちゃんだったとしても、絶対『お兄ちゃん』なんて呼ばなかったと思うよ」

――兄なんて多分思えなかっただろうから……

心の中でそう呟く。

兄だと思えればよかったのだ。家族として接し続けられればよかったのだ。

でも真尋は、巧を一度として『兄』としては見られなかった。

初めて出会った時からずっと――――こんなお兄ちゃんは欲しくなかった。

それはきっと、恋に落ちてしまうことがわかっていたからかもしれない。

＊　＊　＊

真尋は手をとられて、そっとなにかが触れるのを感じた。

左手に違和感を覚えて、そういえば指輪をはめたまま眠りについたのを思い出す。その部分に生ぬるい感触がして、ちゅっと吸いつかれた。

「……ん」

指先が温かなものにくるまれて、真尋は目を開けた。見れば巧が真尋の指を口内に入れて舐《な》めているところだった。

「巧くん？」

「目、覚めたか？」

そのまま巧の体が真尋の上に覆《おお》いかぶさる。端整な顔が近づいたかと思えば唇が重なって、すぐに舌でこじあけられた。

するりと入ってきた舌は真尋の口内をゆっくりと探る。寝起きでまだぼんやりしていたせいで、すぐにされるがままになった。同時に巧の手は真尋の首から肩へと動き、すぐさま直接胸をまさぐる。

いつのまにか部屋着のボタンは外されていたようだ。巧の大きな手は遠慮なく胸を包み込んでは揉みあげ、その先をくすぐってきた。

「んんっ、巧くんっ！」

昨夜はセックスをしないと約束して部屋にきた。それなのに、目覚めた途端行為が始まっている。覚醒《かくせい》しきっていない体は、巧が与える刺激を素直に感じ取って、真尋はいやらしく目覚めていく。

「昨夜は、しないって」

「昨夜はしなかっただろう？　だから朝まで待った」

真尋の反論を防ぐためか、ふたたびキスが深まって巧の舌が激しく動く。歯列をなぞり、上顎《うわあご》の奥まで伸びて真尋の舌を絡めとる。

朝まで待ったなんて、ただの屁理屈だ。

けれど激しいキスをして、溢《あふ》れる唾液《だえき》を互いに呑み合ううちに、真尋は拒む力をなくしていった。

巧はすでに裸だし、真尋も最後の袖《そで》を抜かれてしまった。

カーテンのわずかな隙間から差し込む光が、部屋の輪郭をぼんやりと浮かび上がらせる。

巧の綺麗《きれい》な体のラインが目に入った。鍛えているようには見えなかったのに、無駄な脂肪はないし、適度に筋肉がついている。

素肌に巧のキスが降り落ちた。巧の舌はいつも真尋の肌をあますことなく舐《な》めて、感じるはずのない場所にまでも快楽の種を蒔《ま》くのだ。

肩にキスをされてぴくりと震えてしまう。肋骨《ろっこつ》を舌でなぞられるだけで痺《しび》れが走る。

胸の先を巧の舌と指で翻弄《ほんろう》されれば、呆気《あっけ》なく声は勝手に漏れていく。

「あっ……あんっ」

巧に触れられるたびに、体は敏感になった。自分でも戸惑うほど感じやすくなって、いやらしく変化していく自分を教えられた。

「あっ……んんっ……やぁ」

「真尋、声出して。おまえの声聞きたい」

口元を覆《おお》いかけた手が掴《つか》まれる。

尖《とが》った胸の先を舌で嬲《なぶ》られた。上下に小刻みに震わせたかと思えば、ねっとりと舌で舐《な》め回す。もう一方も指で転がされては、きゅっと痛くない程度に挟まれた。

いやらしく尖《とが》っていくたびにそこは敏感になって、小さな波が次々に体中に広がる。触られてもいない場所が潤《うるお》っていく。

真尋の脚の間を割るように巧の膝が入り込んだ。開かれたそこに長い指が入ってきて、真尋は巧の願い通り声をあげてしまう。

「ああっ……んっ、あんっ」

「はっ、すごいトロトロ」

朝の寝室には似つかわしくない卑猥《ひわい》な蜜の音が聞こえた。

生来《しょうらい》の頭のよさと器用さで、真尋の弱点などとっくに巧には見抜かれている。増やされた指はスムーズに動いては、真尋の弱点をついてきた。

「巧くんっ！　ああっ」

「おまえのココは素直だ。俺を欲しがってどんどん涎《よだれ》が溢《あふ》れてくる」

あえて卑猥《ひわい》な言葉を使って、巧は真尋を追い詰める。普段あまりそんなことを口にしない彼が、こういう時だけ容赦《ようしゃ》なくいやらしさを発揮してくる。

指は真尋の中を丁寧にかきまぜるだけなのに、一番敏感な場所が自《みず》らも触れてほしいと主張するかのように顔を出した。

巧はそれに気づいて、親指で優しく撫《な》でてくる。

「ずっとこうして触れたかった」

「はぁ……んんっ……ああっ」

「服を脱がして、裸を見て、全身に触れて、舐《な》めて、乱したかった」

過去形で放たれる欲望の言葉。

それはおそらく『義理の妹』だった頃に、巧が抱いていたもの。

何気なく伸ばされていた手を、まっすぐに見つめてくる視線を、髪に落とされたキスを思い出す。

「おまえがどんな声を出すか、どんなふうによがるか、どんな表情で達するか……想像してきたのに」

深い欲を抱えながらも、一定の距離を保ってくれた。

耐えて隠して抑え込んでくれたのは、大切にしてくれたから。

真尋は巧の首のうしろに腕を伸ばした。

そうして自《みず》らキスをねだると、巧へと舌を伸ばして絡める。

「私だって……想像したよ」

巧がどんなふうに抱きしめるのか、どんな淫《みだ》らなキスをするのか、どんな表情で抱くのか。

男としての巧を知ることのできた女の子が本当はうらやましかった。

同時に、そんな巧を知ることは決してないのだと、知ってはいけないのだと戒《いまし》めてもいた。

でもこれからは彼の滑《なめ》らかな肌の感触を、背中の大きさを、体の重みを知るのは、自分だけでありたい。

「どんなキスをするのか……どんな表情で抱くのか、私だって想像したの！」

ずっと特別扱いされてきたのだ。そばにいたのだ。

もっとという欲を抑えていたのは、巧だけじゃない。

「真尋」

汗で濡れた髪が額《ひたい》に張りつく。その下の瞳は欲を隠さずに真尋を射抜く。

こうして肌を重ねなければ、こんな熱を持った巧の姿など知りはしなかった。そして、男の色香も露《あら》わなそれに真尋の女の部分は反応する。

「いっぱい乱して……いやらしくして、そんな私を知るのは巧くんだけだから」

「ああ、俺の腕の中でいっぱい乱れればいい。どんなおまえも――俺だけのものだ」

巧は真尋の脚を大きく広げると、いやらしい場所へ唇を寄せた。真尋は羞恥《しゅうち》で閉じたくなるのをこらえて、あえて自《みずか》ら膝を抱える。

舌が伸びて蜜をすくいとる。

入り口をこじあけるように指で広げられ、その上の敏感な部分に吸いつかれた。膨らんだそこは巧の舌にくるまれてつつかれて、真尋の全身に快楽を運ぶ。巡る痺《しび》れに真尋が背中をのけぞらせると、その部分を押し付ける形になって、ますます追い詰められた。

「ああっ！　……ひゃっ……巧くん！」

巧の舌も指も器用に真尋の弱い部分を狙ってきた。それまで反応が鈍かった場所も、彼によって反応を引き出される。

巧の指が奥へとくれば、もっと引き寄せたくて中が蠢《うごめ》く。淫《みだ》らに彼の指をくわえこんできゅっと締め付けてしまう。

「俺の指くわえて離さないな……」

「やっ……違うっ」

「おまえのココはすごくいやらしくて、淫《みだ》らで綺麗《きれい》だ。どれだけかきだしても、こぼれてくる」

「巧くんのっ、せいっ」

「そうだ。俺のせいだ」

巧の指が真尋の中の弱い部分を抉《えぐ》った。同時に敏感な場所を強く吸われる。強引に高みへと引き上げられて、声を抑えられない。

真尋は卑猥《ひわい》な声を発し、全身をがくがく震わせながら達した。

それにもかかわらず、巧は緩めることなく行為を続ける。

「巧、くんっ……いやっ、もぉ、イったからぁ」

「そのまま何度でもイけよ」

「はっ……ああっ！　……んんっ」

どこを触られても素直に感じ始めた体は、小刻みに跳ねては卑猥《ひわい》に蜜をまき散らす。

体の奥がぎゅっと痺《しび》れた瞬間、緩んだ隙間を埋めるように力強いものが真尋の中に入ってきた。

「真尋！」

「あ……あんっ、ああっ！」

貪欲《どんよく》に快楽を求める場所に、ぴったりと巧がおさまった感覚がわかった。体と体が重なり繋がって、きっと互いに同じ気持ちよさを味わっている。

奥に到達した巧は、勢いのまま真尋の体を強く抱きしめる。背中に腕が回されて、胸と胸が触れ合って心臓の音が重なる。腰は激しく動いて、真尋の奥をこれでもかと突いてくる。

切ないほどの気持ちよさが満ちて、真尋もまた巧を離すまいと締め付けてしまう。

「はっ……」

巧の喘《あえ》ぎが漏れて、真尋はその声にもきゅんとした。

目を開ければ、色香溢《あふ》れる男の表情がある。激しい欲を孕《はら》んだ強い眼差しが真尋を襲った。

「真尋……避妊はしない」

巧が低くかすれた声で告げた。

己の中に埋まっているものが、ありのままの巧なのだと知る。

昨夜婚姻届けを出した。左手の薬指にはまったままの指輪は夫婦となった証。

だから、避妊は必要ない。

就職したばかりで妊娠なんて早すぎるのかもしれない。けれど、子どもは授かりものだし、巧との子どもができるならやっぱり嬉しい。

それに、なんの隔たりもなく繋がりあえるのも、彼のものを受け止めるのも自分だけの権利だから。

「うん……いいよ」

中に出して——そう言う前に唇が塞《ふさ》がれて、真尋は激しく腰を揺さぶられた。

腰をうちつけられるごとに離れそうになる体を、巧の腕が抱きしめる。舌と舌を絡めて唾液《だえき》を溢《あふ》れさせ、体の中心をぶつけあって蜜をこぼす。

「真尋！　受け止めろ！」

激しい愛も、迸《ほとばし》る熱も、受け止めるから――そんな気持ちで真尋は与えられるものを必死で受け入れた。

＊　＊　＊

行き過ぎた快楽で真尋の目じりから涙がこぼれる。巧はそんな水滴でさえももったいなくて、唇を寄せて吸い取った。

いつもまっすぐで強い眼差しは、今は蕩《とろ》けて危うい光を宿す。

手加減してやらなければ、と思わなくもないのに、湿ったシーツが肌に触れると、今さら無駄だなとも思った。

真尋の脚の間は彼女のものと自分のものとが混じり合って、汚れている。

自分が出したものが彼女の中からこぼれてくるのを見た時はぞくぞくした。

入籍して名実ともにようやく妻となった。

もう我慢する必要も、抑える必要もない。そのせいで一気に箍《たが》がはずれた。

真尋が妻になったという実感がまだ薄いせいか。

『妹』だと思い込むことで耐え続けてきた年数の分、行為をする時どこかで禁忌を犯しているような背徳感が襲う。それにわずかな興奮を覚える自分を最低だと思った。

もしお互いに仕事という制約がなければ、巧はきっとどこで行為をやめればいいか判断ができなかったに違いない。

一際《ひときわ》かすれた声をあげた直後、真尋の体から力が抜けた。咄嗟《とっさ》に体を支えて、彼女が意識を失ったのに気づいた。

「最悪だ」

セックスを覚えたばかりの頃だってこんな無茶はしなかった。

彼女への気持ちを認めて、女を抱かなくなって、意外に性欲は弱いのかもしれないと思ったこともあった。

だが、どうやら見当違いだったようだ。

真尋の体をベッドの中心に寝かせる。

巧はベッドサイドに置いていたペットボトルを手にすると、わずかに残っていた水を飲み干した。

本当ならシーツを換えて、彼女の体も拭いたほうがいいのだろう。

寝室は濃密なセックスの空気に満ちていて、独特の臭いまでも放っている。

けれど巧はあえてそのままにして、今ある現実に浸りたかった。

目を閉じて眠りにつく真尋の横顔に、初めて彼女を認識した頃の幼い面影が重なる。

中学生だった彼女の制服姿は今でも覚えているし、皇華の制服を身に着けて笑う顔なんかずっと脳裏に焼きついている。

かわいいと思った。

大事にしようと思った。

特別扱いして甘やかして、一番近い場所にいたかった。

『義理の妹』でなければと思ったこともあったのに、『義理の妹』だったからこその関わりがあって、それによって目にすることのできた姿がたくさんあった。

生意気で素直じゃなくて、でも信頼を寄せる眼差しを向けられればくすぐったい気分になった。

警戒しながらも無防備で、頑《かたく》ななのに隙だらけで、だから目を離せなかった。

『義理の妹』としての真尋との関係を惜しく思う感傷的な想いは、わずかながら巧の中にある。

巧は真尋の頬に張り付いた髪をそっと避《よ》けて、その毛先を絡めとった。

どんな想いで自分がこの髪に触れていたか、彼女は気づいていたのだろうか。

触れたいという欲が膨らんだ時、巧は真尋の髪に触れることでその欲を逃《のが》した。

彼女の目の前で髪にキスを落としたこともあったけれど、あえて目につかないようにして唇を寄せたこともあった。

髪が長かったからこそ、そんな密やかな戯《たわむ》れも気づかれずにできたのに、真尋は大学入学と同時に髪をばっさりと切って、以降伸ばしてくれなかった。

それでもおそらく、真尋は許してくれていたのだと思う。

『過保護な義理の兄』のラベルを貼ることで、妹に対する以上の関わりも触れ合いも拒みはしなかったから。

巧は掌《てのひら》で真尋の頬を包むと軽く口づけをする。

全裸で眠る真尋の首から鎖骨《さこつ》へと指を滑らせ、いまだ誘うように尖《とが》ったままの胸の先をくすぐりながら、やわらかな膨らみを味わう。

ふたたび自分の欲望に熱が溜まるのを感じて、巧はさすがにそれを抑え込んだ。際限なく湧き起こる欲を、過去の真尋に向けなくてよかったと思う。

抑制の利かない十代の頃に触れていればきっと、真尋のことも彼女との関係も、その未来までも壊したかもしれない。

父に制約を課された時は自信がなかったけれど、自分の気持ちが本気であることを示すために必死で耐えた甲斐はあったのだろう。

巧は名残惜しく思いつつ、これ以上の無体を働かないために、自分の目から隠すべく、真尋の体にシーツをかけた。

同時にそうすることで、『義理の妹』だった真尋を想い出の中に閉じ込める。

これから先は『妻』としての真尋を見つめ続けていく。

耐えることなく、抑えることなく、こうして自《みずか》らの手で汚していける彼女の姿は、未来永劫《えいごう》自分だけのものだ。

そしてどれだけ汚しても、こんなふうに真尋は穢《けが》れない光を纏《まと》い続けるのだろう。

「真尋……守るから。俺以外のなにもかもから必ず守ってやる」

シーツの上からそっと真尋の体を抱きしめて宣言する。

とりあえず髪はまた伸ばすように命じよう。そして、できるだけ早く一緒に暮らせる算段をつけて、外堀を強固に埋めていく。

巧は頭の中で策を練りながらバスルームへと足を運んだ。

目覚めた時にきっとまた「自分だけさっさと準備して！」とか「約束が違う」とか文句を言うに違いない。

ふてくされながらも恥《は》ずかしがる真尋の姿を思い浮かべて、どうかわいがるか考える。

それを『幸せ』と呼ぶのかもしれないと巧は思った。

エピローグ

『義理の妹』から『赤の他人』になって、『妻』となった。

自分たちの関係を表す名称が変化したにすぎないと思っていたのに、巧の妻になってから真尋は面映《おもは》ゆい日々を過ごしている。

会社関係の目途が立つまで時間はとれないだろうから、無理はしなくていいと伝えたけれど、巧は『目途の立つ日なんて待っていたらいつまでも会えない』と言って、できるだけ会う時間を確保してくれる。

そして会えば、とにかくベタベタしてくる。

スキンシップ過多とでもいうのか、甘えているとでもいうのか。

確かに昔は仕事で疲れると、癒《いや》されたいと言っては真尋を連れ回してはいたけれど。

そして、久しぶりに週末と真尋の休みが重なって、土曜日のお昼は食事に行こうと誘われていた。

朝早めに巧の部屋を訪ねると、準備していたらしいワンピースを渡された。

せっかくだと思って、今までプレゼントしてもらったアクセサリーを身に着けた。婚約指輪とお揃いのデザインだからか、すべてをつけても派手すぎることなく上品にまとまった。

濃いグリーンのシルク素材のワンピースは、袖《そで》の部分がシースルーになっていて、スカート丈は前は膝の位置だがうしろに行くほど長くなっている。足首のうしろでふんわりと裾《すそ》が広がって可憐《かれん》な印象だ。

スクエアネックだから鎖骨《さこつ》に添うネックレスが目立つし、七分袖《しちぶそで》から見えるブレスレットも手首で煌めく。

少し伸びてきた髪（しきりに巧が伸ばせとうるさいので）をアップにすると、耳元で揺れるイヤリングが目に入る。

当然ワンピースに合わせた下着も用意されていたので、真尋は渋々、レースとリボンばかりでいろいろ心許《こころもと》ない、ちょっと大人っぽくて色っぽいそれを身に纏《まと》った。

そして普段のナチュラルなメイクよりきちんとした姿を見せた途端、巧は即座にそれらを脱がせにかかったのだ。

時間にはまだ余裕があるとしきりに言い訳する巧に、口紅をひどく乱されてしまえば、真尋は観念するしかなかった。

アクセサリーのみを肌に残したまま、真尋はすぐさま快感を引き出された。

午前中という時間帯や明るい寝室に戸惑いを覚えたのは最初だけで、すぐに濃密な空気に支配される。いつもなら時間をかけた丹念な愛撫で、幾度《いくど》となく昇りつめさせてから挿入してくるのに、強引に、急激に刺激を与えられて、短時間で快楽に染められた。

真尋の体は呆気《あっけ》ないほどすぐに陥落《かんらく》して、巧のものをスムーズに受け入れてしまう。

焦らすことなく、一気に追い詰められ、真尋の体は深い官能に支配された。

そのせいか、いつまでもその余韻《よいん》が体に残っていて、くすぶった熱が肌にまとわりついている。

けれど、そんな状態で連れてこられた場所を見て、知っていれば観念などしなかったのにと思った。

目の前に広がるのは、色とりどりの花々が美しいイングリッシュガーデン。

バラをメインに様々な種類の花が咲き誇っている。自然のままの姿を楽しむ様式のこの庭が、実のところ自然に見えるようにあえて緻密《ちみつ》に計算して植えられているのだと教えてくれたのは、結愛だった。

ここは高遠家の敷地内にオープンしたレストランだ。昔からある高遠家ご自慢の庭を楽しめるように設計されていて、オーナーは彼女である。

幸い、通された部屋は個室だったし、オーナーである結愛ともまだ顔を合わせていない。

「ここに来るなら来るって教えてほしかった！」

案内してくれたお店のスタッフが席を外すと、すぐに真尋は巧に文句を言った。

「なんで？　言ったら楽しみがないだろう？」

「だって、ここだってわかっていたら……」

「ああ、抵抗して抱かせなかった？」

意地の悪い笑みを浮かべた巧を睨《にら》んで大きく頷く。

真尋の体はいまだどこかだるくて、セックスの残り香を身に纏《まと》っている状態だ。

あの親友は、おっとりしているように見えて勘がいい。

気づいてもなにも言わないだろうけれど恥《は》ずかしすぎる。

「俺を誘惑したおまえの自業自得だ」

「誘惑なんかしてない！」

「俺はされた。俺が贈ってきたもの全部を身に着けてくるなんて、襲ってくれって言っているようなものだ」

「だったらもう身に着けない！」と言い返そうとしたのに、すぐさま巧は「でも嬉しかった」と続ける。

まっすぐに真尋を見つめて、愛しいという感情を露《あら》わにして、熱のこもった甘い声で。

そうしてネックレスに触れ、イヤリングに触れ——自分が贈ってきたものを思い出すように順番に手を伸ばす。

「おまえの全身——俺の贈ったもので飾り立てられて、俺のものだって主張しているみたいだ」

恍惚《こうこつ》とした表情で独り言のように呟く巧を見ていると、これらのアクセサリーをどんな気持ちで彼が選んできたのか、そして、それらをすべて身に着けている自分の姿をどれほど嬉しいと思ってくれているかが伝わってきた。

特別扱いされてきたのとは違う、そこには明らかな愛情が籠っている。

視線だけでふたたび真尋に官能を与えようとしているように見えて、真尋は口を噤《つぐ》んで目をそらした。

抱かれた余韻《よいん》だけではなく、新たに熱が生まれてきそうになる。

いつか、巧にじっと見られるだけで感じてしまうのかもしれない、なんて馬鹿なことまで思った。

「私は……巧くんのものだよ」

主張なんかしなくったって、飾り立てたりしなくったって、あなたのものだと伝える。

巧からもたらされる深い愛情を、少しでも返せたらいい。そんな気持ちを込めて。

「ああ、そうだな」と即座に俺様発言が出るだろうと思っていたのに、なぜか無言だったため、真尋はちらりと巧を見た。

そこにはめずらしく固まっている巧がいて、照れたように顔を手で覆《おお》う。

「……おまえはバカか。こんな場所で襲われたくなかったら、発言には気をつけろ」

ノックの音が響いて、スタッフが料理を運んでくる。

動揺する巧なんて滅多《めった》に見られるものじゃない。

らしくなくドキドキしてしまって、真尋はスタッフのタイミングのよさに感謝したくなった。

個室とはいえ、こんな場所で襲われたくはないし、襲われても抵抗なんかしない自分が簡単に想像できてしまう。

(それはダメだ……そこまで流されたらダメ)

あまりに危うい想像に、自分で自分を戒《いまし》める。

恋のせいだ。

くだらなくて、馬鹿馬鹿しくて、愚かな思考をしてしまうのは、きっと恋するが故だ。

そして真尋は「妻」になってから、日ごと巧に恋をしている自分を自覚している。

それを誤魔化すために、真尋はテーブルに並んだ食事に集中することにした。

「おいしい」「かわいい」「綺麗《きれい》」「楽しい」そんな貧相なボキャブラリーでしか表現できないのがくやしい。

真尋はお皿が運ばれるたびに、そう口にした。

そしてそんな自分を、愛しそうに見つめる巧がいる。

昼間ということもあったし、巧の運転で来たこともあって、あえてアルコールは頼まなかった。

それなのに、おいしい料理と巧の甘い眼差しで酔った気分になっている。

庭の景色を楽しむために、テーブルの席は隣同士だ。

だからか、巧はことあるごとに真尋に軽く触れてくる。

それは髪の先だとか、肩だとか、指先だとか些細《ささい》な場所だし、『義理の兄妹』だった頃にもよくあった戯《たわむ》れだ。

それなのに違った感覚が芽生えていることが不思議でならない。

「巧くん、今度は夜に来たい」

昼間に見る庭の景色も素敵だけれど、夜のライトアップされた庭もまた雰囲気が違うだろう。

「いつでも連れてくる」

「ありがとう。でもすごいな、結愛……レストランを立派に成功させていて」

「そうだな、高遠さんのバックアップもあるだろうけど、いろんな工夫をしているのは彼女だろうしね」

デザートのあとに出されたのは、食後の飲み物と小さなお菓子だ。

お菓子はかわいらしい生花で飾られたお皿の中心に並んでいて、目で見てもかわいらしいし、花の香りも楽しめる。

真尋も大学時代はここのサロンに通ってフラワーアレンジメントを学んだのに、実生活では実践できていないままだ。

この花は帰る前にボックスに詰め替えられて、プレゼントしてくれるとのことだった。

きっと結愛のアイデアに違いない。

彼女は客の思い出に残るように、様々な工夫をこらしている。

ドアを軽く叩く音が響いて、巧が「はい」と返事をする。

お店のスタッフだと思っていたのに、そこには大好きな親友の姿があった。

ちょうど彼女のことを思い出していたタイミングで現れたため、真尋は思わず「結愛！」と名前を呼んでしまう。

結愛はにっこりとほほ笑むと、

「お食事は楽しんでいただけましたか？　湯浅様」

と恭《うやうや》しく言って、丁寧にお辞儀をした。

その姿は、このレストランのオーナーとしてふさわしい気品に満ちている。

「ええ、とても素晴らしい料理でした」

「結愛……わざわざ顔を出してくれてありがとう」

「あたりまえでしょう。真尋が来るんだもん」

オーナーから親友の顔に戻った結愛に安心して、二人で笑い合った。

巧とのことも電話では伝えたけれど、こうして顔を合わせるのは久しぶりだ。

結愛は白いブラウスに黒いスカートのシンプルな格好なのに、大人っぽく上品に見える。高遠家の若奥様ぶりがすっかり板についていて眩《まぶ》しい。

大学進学を選ばず、花嫁修業を兼ねて高遠家のお屋敷に入った時は、彼女が閉じ込められたような気分になった。

実際、今でもほとんど高遠家の敷地からは出ない生活だそうだ。

けれど、彼女なりのやり方で社会と関わっている。

結愛を見ていると、こんな生き方もあるんだなと思う。

「お料理もおいしかったし、サービスも素晴らしかったよ、結愛」

「真尋にそう言ってもらえて嬉しい」

「それに、巧さんと一緒に来てもらえたのも嬉しいよ」と巧には聞こえないように小さく囁《ささや》かれた。

『真尋、幸せになってよ』。その言葉が背中を後押ししてくれた。

彼女はずっと真尋の気持ちを、自分たちの関係を温かく見守ってくれていた。

やわらかな笑みを浮かべて、優しい眼差しで結愛に見られると少し気恥《きは》ずかしい。

結愛はその表情をすっと変えると、

「それでは湯浅様、お食事がお済みでしたらご案内したい場所があるのですが」

とおもむろに巧に向かって切り出した。

「ええ、ぜひよろしくお願いします」

巧が椅子から立ち上がったので、真尋もわけがわからないなりにそれに倣った。

結愛の背中を追いながら、真尋は巧と一緒にレストランを出た。

入ってきた時とは別の道へと足を進める。

小道は石畳から芝生に変わり、草花だけでなく実のついた低木もあった。心地よい風が吹き抜けると、花や草の匂いが鼻腔《びこう》をついた。

高遠家のお庭は真尋も何度か散策したことがある。

お屋敷も、結愛の新居も、それぞれ趣のある庭が造られていて見ごたえがあるけれど、ここもまた、自然でありながら華やかだ。

アイアンで作られたバラのアーチはとてもかわいらしくて、結愛が前を歩いているとはいえ、自然に手が伸びて巧と手を繋いでしまった。

巧は驚いたように真尋を見たけれど、指を絡めてぎゅっと力を込めてくれる。

あまり外でデートをする機会はないので、こんなふうに手を繋いで歩くことはほとんどない。

だからなんだか照れ臭かった。

そうして歩いて行った先に、草花に埋もれるようにしてその建物はあった。

表からは決して見えない場所にひっそりと建てられたそれは、小さいながらも凝った装飾がなされている。

周囲を取り囲むように植えられたたくさんの種類のバラ。

アーチを描く白い柱の奥には重厚な両開きの扉があって、壁に埋め込まれた装飾の丸窓には、ステンドグラスが煌めいている。

それはまるで白亜《はくあ》のお城のようなチャペルだった。

真尋は思わず足を止めた。チャペルと、そして巧を見る。

巧は自信満々の表情で頷くと、繋いだ手にぎゅっと力を入れてくれた。そして左手の薬指の指輪をそっと撫《な》でる。

結愛は両開きの扉を開けて、中に入るように促《うなが》した。

巧と手を繋いでいる恥《は》ずかしさなど消えて、彼に導《みちび》かれるまま足を踏み入れる。

胸がいっぱいでたまらなかった。

こういう時、言葉は本当に出てこないのだと思った。

通路を挟んで両側に並んだ椅子。

正面は全面ガラス張りで、その向こうには森の中にいるかのような庭が広がっている。

壁面に設置されたステンドグラスから差し込んだ光が、様々な色合いの模様を床や壁に描いている。

小さいけれどかわいらしくて温かみのある、とても素敵なチャペル。

ひっそりとここだけがまるで別世界で、日常と切り離された空間になっている。

真尋は泣きそうになりながら、繋いでいないほうの手でぎゅっと巧のジャケットの袖《そで》を掴《つか》んだ。

巧もその手を包み込んでくれる。

「真尋、ここで結婚式を挙げよう。大事な人たちだけ呼んで、俺たちらしい式をしよう」

結愛はいつのまにこんなチャペルを建てたのだろうか。

彼女は結婚式のプロデュースにまで手を広げるのか。高校時代から様々な資格を取得して勉強していたから、なんでもできそうな気はするけれど、さすが高遠駿の妻と言うべきだろうか。

そして巧は、いつからこんな計画をたてていたのだろうか。

海外赴任をしていたし、日本に帰ってきてからだって忙しかったのに。

入籍を急いだから、結婚式までは考えていないのだと思っていた。

いろんな思いが湧き上がって、いろんな疑問も浮かぶのに、真尋は何も言えずにただ目からは雫《しずく》が落ちていく。

「巧くん……」

「俺たちが、ここで結婚式を挙げるカップル第一号らしいぞ」

扉の横に立ったまま、背後から様子を見守っていたらしい結愛を振り返った。

「結愛……」

「真尋、うちのレストランで結婚式をさせてほしいって要望が多いんだけど、今まではお断りしていたの。多分これからも特別なお客様にしか案内しないと思う。小さいし、いろいろいたらないところもあるかもしれないけど、真尋の結婚式をやらせてもらえたら嬉しい」

結愛が丁寧にレストラン経営をしているのは、あそこで食事をすればよくわかる。彼女なりの感性で、きっとこのチャペルの運営もなされていくのだろう。

そんな特別な場所を、一番に使わせてくれるなんて、彼女の心遣いを感じる。

「私のほうこそ……願ってもないよ。そう言ってもらえて嬉しい。ありがとう、ありがとう結愛」

つっかえながら真尋はなんとか言葉を発した。そのまま肩が震えて本格的に泣いてしまう。

そんな真尋を巧がそっと抱きしめてくれる。

結愛の前で――とは思ったけれど、耐えられなくて真尋は巧にしがみついた。

「狙い、すぎだよ、巧くんも、結愛も！」

「狙うさ、おまえのためなら。それでどうする？」

真尋の髪にキスを落として、そして濡れた頬を指で拭う。それでもすぐに視界はぼやけて滲《にじ》んでしまう。真尋は感動と少しのくやしさを感じつつ、

「うん、ここで結婚式したい」

と口にした。

結愛は巧に向かって、

「それではごゆっくり中をご覧になってくださいね。帰りはまたレストランにお寄りください」

とちょっと涙声で言うと、真尋たちを残して静かに出ていった。

彼女は昔からいつも、さりげなく場を離れていく。

そういう優しさにずっと救われてきた。

真尋は心の中で何度も結愛にお礼を述べながら、巧の腕の中にいる今の幸せを噛み締めた。


扉が閉まると、しんと静まり返った荘厳《そうごん》な空間は、まるで二人きりの世界のようだ。

世間の目などなにも気にせず、外野の声など耳に入らず、ただ二人だけで寄り添える場所。

こうして巧に抱きしめられていると余計にそう思う。

「結婚式は考えてないと思ってたからびっくりした」

「おまえのドレス姿を俺が見ないわけない」

「うん、ありがとう」

本当は、結婚式はしなくてもいいと少しだけ思っていた。

『元義理の兄妹同士の結婚』なんて、他人にどう伝わるかわからない。

自分たちだけでなく、式に参列してくれた人にも肩身の狭い思いをさせるかもしれない。

そう思うと、結婚式などしなくても、結婚した事実だけで充分だと考えていたのだ。

きっと巧はそういう真尋のためらいに気づいていたに違いない。

目じりに浮かんだ涙を巧が唇で吸い取った。

そのまま唇が重なってキスが深まる。しっくりくる角度も、舌先を舐《な》め合ってから絡め合うキスも巧に教えられた。

口内の唾液《だえき》を交換しては唇を離し、ふたたび重ねる。

キスを繰り返すごとに、様々な思い出が頭を過《よぎ》った。

高校生だった巧を初めて見た時、周囲が騒ぐのもわかる気がした。

友人が一瞬で恋に落ちてしまうほどの魅力がどこにあるのか、首をかしげていたのは最初だけ。

同年代の男の子から一歩距離を置いている姿は、なんだかすかして見えた。

騒がれたって浮かれたりせず、告白されたって喜びもしない。

淡々と対応しているのを見ると、冷めた男なんだと思った。

いけ好かないと思うのに、目に入るようになると目が離せない。

たくさんの人がいても視界に飛び込んでくる。

傍若無人《ぼうじゃくぶじん》で俺様なのに、いつも人に囲まれていて、信頼されているように見えて、彼の持つカリスマ性には一目置いていた。

目立つ存在だから、目につくだけだと言い訳した。

友人の好きな相手だから——気になるだけなのだと自分に言い聞かせた。

母の結婚相手の名字を聞いた時、三歳上の高校生の男の子がいると知った時、そして顔を合わせた時。

制服を脱いで、大人びたスーツ姿を見て、身近で声を聞いた。

思ったより低くて、でも穏やかなトーンの声。

彼から漂う仄《ほの》かな香り。

決して重なることはなかった視線がぶつかって、その強い眼差しを間近で受けとめて、この人が『義理の兄』になるのだと知った時の、拒否感を今でも覚えている。

「私ね、巧くんのこと知っていたよ、顔合わせする前から。こんな男と兄妹になるなんて嫌だって思った」

それなのに今、真尋は唾液《だえき》で唇を濡らして、熱い吐息を漏らしている。あの頃の自分には想像もつかない現実は、今でもどこか夢みたいな気もする。

「なのに夫婦になっちゃったね」

巧はついた口紅を指で拭って軽く睨《にら》みつつ、真尋の髪に触れた。

「俺もおまえのことは知っていたよ、妹になる前から。おまえを妹にするのは嫌だと思った」

「え？」

似た内容の台詞《せりふ》を互いに口にした。

真尋はぼんやりとその言葉の意味を考える。

「私のこと……知っていた？　妹になるから？」

「違う。妹になる前からだ」

「え……なんで？」

真尋は巧のように有名なんかじゃなかった。どこにでもいそうな、その辺の、それも中学生だ。

高校生だった巧との接点などなかった。

「おまえは友達に付き合って、俺の周囲をうろちょろしていただろうが」

その言葉に真尋は素直にびっくりした。

あの頃、巧を追いかけている女の子はたくさんいた。

巧は愛想をふりまくこともない代わりに、拒絶もしなかったので、周囲にはたくさんの女の子が群がっていたのだ。

まさか、友人の片想いに付き合っていたのを知られていたとは思わなかった。

自分たちは隅でひっそりとしているつもりだった。

あれだけ周囲に女の子がいれば、目に入ることなどないと思っていた。

それに真尋自身は、ただの付き添いでしかなかった。

「嘘……」

「嘘じゃない。女子高生の中に中学生が混じっているんだ。目立つに決まっている。実際、女子高生に絡まれたことがあっただろうが。おまえたちは、俺の友人たちの間でも注目の的だった」

気づかれていないと思っていたから、あの頃は無邪気に追いかけていた。

まさか相手からも見られているなんて思いもしない。

ある意味、真尋にとっては黒歴史とも言えなくもないのに。

「でもおまえは、俺が見ていたなんて気づきもしなかっただろう？」

「私は……ただの付き添いであって、別に巧くんの追っかけをしていたわけじゃないよ」

「友人に付き合っていただけなのは知っている」

「子どもすぎて逆に目立っていたの？」

巧の周囲にいたのは確かに女子高生のほうが多かった。

綺麗《きれい》で華やかで自信満々のお姉さま方を見て、友人がいつもぼやいていたのを思い出す。

「最初はそうだった。幼いおまえたちを微笑ましく見ていた。おまえの背が伸びていくのを、体つきが変わっていくのを、この髪が伸びていくのを見ていた」

アップにした毛先を巧は弄《もてあそ》ぶ。

ふわふわの髪をひっぱるのは無意識の巧の癖。

「ガキだったから気になるんだと思っていたのに、おまえが妹になるのは嫌だと思った。多分、俺はあの頃にはもう――」

『義理の妹』になったから、特別扱いされたのだと思っていた。

『義理の妹』になって関わりが増えたから、意識してもらえたのだと思っていた。

『義理の兄妹』にならなければ、ずっと赤の他人だったのだろうと思っていたのに。

「『義理の妹』になったから……じゃなかったの？」

「『義理の妹』になる前から……なのかもな」

巧はからかうような笑みを浮かべて、曖昧《あいまい》に言葉を濁す。

めずらしく視線をそらしてフイと横を向いたその表情は、不本意そうにも照れているようにも見えた。

「だから――俺はおまえを『妹』にしたこと自体は後悔していない」

『義理の妹』でなければよかったのに、そう何度となく願った過去の真尋を一蹴するかのような発言に、真尋は目を丸くする。

「おかげで、誰よりもおまえに近い場所にいられて、成長していく姿を見守ることができた。そしてこうして誰に奪われることもなく『妻』にできた。だから――俺たちが『義理の兄妹』になったのは必然だ」

――後悔していない。

そうだ。

『義理の兄妹』だったから知ることのできた巧の姿があった。

二人の関係性があった。

それはきっと、最初から恋人同士だったら味わうことのなかったもの。

なぜならあの頃、確かに真尋は家族としての幸せを感じていたのだから。

きっとこれから先も『義理の兄妹』だった事実は、巧の弱点になり得るだろう。

それでも、巧が『後悔していない』と断言してくれたから……真尋も世間の目に負けることなく強くいられる気がした。

「うん……そっか、そうだね」

「真尋、余計なことは考えなくていい。これから先も――」

『俺の言うことだけ聞いていろ』

言外の声を耳にしつつ、真尋は笑みを浮かべた。

この恋は、きっと『義理の兄妹』から始まるのが正解だったのだろう。

そうでなければ始まらなかった恋かもしれないから。

「巧くん、大好きだよ」

「俺は、愛している」

掴《つか》んだ髪に巧はキスを落とす。

髪一筋さえ大事なのだと、おまえが好きだとその行為は伝えてくる。

真尋は巧の首のうしろに手を回して抱きつくと、

「私も愛している」

そう小さく囁《ささや》いてキスをした。

書き下ろし番外編

夢

「俺のことは『お兄ちゃん』と呼べばいい」


初めて顔を合わせた日。

母の結婚相手の息子である湯浅巧にそう言われて、真尋は頷くしかなかった。


湯浅巧。

湯浅製薬御曹司。その出自もさることながら、整った顔立ちに人目を惹く強烈な存在感。

いつも女の子たちに囲まれながら、どこか冷めていた彼。

真尋の通う公立中学校と彼の通う有名男子校は近所だったため、彼の存在を知らない女の子などいなかった。

さらに彼は友人の片思いの相手でもあった。

友人に付き合って彼を追いかけるうちに、真尋の心にもいつしか、淡い憧《あこが》れめいた感情が生まれた。

どうせ三歳も下の自分たちの存在など、彼の目には入らない。

たとえ目に入ったとしても相手にされないことは明らか。

だからか、真尋の気持ちに気づいた友人は不快に思うどころかむしろ「一緒に巧さまを見つめようね！」と同士として扱ってくれた。

そんな見つめ続けるだけだった相手が目の前に現れたのだ。

いまだ信じられない夢心地の中で、奇妙な緊張と興奮の渦中にあった真尋は、彼が自分の姿を認識したうえで、名前を呼んで声をかけてくれただけで舞い上がっていた。

けれど――

「俺のことは『お兄ちゃん』と呼べばいい」

その一言で、奈落の底に突き落とされる。

この瞬間、真尋は彼に義理の『妹』として受け入れられた。

『妹』としか見てもらえない立場となったのだ。

＊＊＊

『妹』となった真尋に、彼は思いのほか優しかった。

見つめるだけだった時にはわからなかったいろんな彼を知ることができた。

命令口調で不遜な態度で接するくせに、「一人で出歩くな」だとか「どこかへ行くときは俺に言え」だとか「『妹』を守るのは『兄』の役目だからな」と言ってはあれこれ構ってくる。

くせのある髪が乱れていれば手を伸ばして触れて、成績があがれば頭を撫《な》でて褒める。

巧が『妹』として特別にかわいがってくれるたびに、真尋の心には喜びと切なさが行き交った。

特別扱いが嬉しいのに、それが『義理の妹』だからだと思えばやるせない。

巧にとって、真尋はもう『妹』でしかない。

決して一人の『女の子』としては見てもらえない。

彼の車の助手席に綺麗な女の人が座っているのを見るたびに、スマホでやりとりする会話を聞くたびに、真尋の心には細かな傷がいくつも刻み込まれる。

「お兄ちゃん、ちょっといい？」

巧の部屋のドアをノックして真尋は声をかけた。

「ああ、真尋、どうした？」

返事を待ってドアを開ければ、彼は真尋が手にしているものを目敏《めざと》く見つけて苦笑した。

「忙しいのに、ごめんね。数学の問題でどうしてもわからなくて」

大学の勉強でもしていたのだろうか、巧の机の上には難しそうな本が積み重なっている。けれど巧は嫌な顔もせずに、それらを端に寄せて「どれがわからないんだ？」と言って、真尋専用に置かれた折り畳み椅子を広げてくれた。

「あの、忙しいなら後でいいよ」

「大丈夫だ。おまえの勉強が最優先」

巧のそんな一言に真尋の胸はきゅんとなる。

「真尋、ドアは開けておけ」

「あ、うん」

互いの部屋に入る時は、ドアを開けておくのがルールだと最初に言われた。それは多分自分たちが義理の関係だからこその配慮。

恋人らしき人が来たときは、このドアはいつもきっちり閉まっている。

だからつい、真尋はドアを閉めたくなる。

彼の特別になりたくて、彼の一番近くにいきたくて。

一緒の家に住んで、いつだって会える環境にいて、こんな風に彼の時間を拘束できる立場にいるのに。

自分たちの間には決して壊してはならない壁がある。

手を伸ばせば届きそうな相手が目の前にいるのに、決して触れられはしない。

「――で、こうなる。わかった？」

「……うん、わかった。ありがとう」

巧の説明はわかりやすかった。でもほとんど聞いていなかった。

肌に感じる体温に、覚えた仄《ほの》かな香り、低くて甘い声音。

夢見心地な気分でそれらを味わいながらも、どんどん胸が苦しくなったから。

寄りかかればきっと、彼は支えてくれる。見上げればしっかり目を合わせて見つめてくれる。

でも、それだけ。

強く抱きしめられることも、その目に甘い輝きが宿ることもない。

「真尋？」

「お兄ちゃんのお勉強の邪魔をしてごめんね。ありがとう」

慌てて教科書とノートをまとめると、真尋は椅子から立ち上がって部屋を出ようとした。

「真尋、待って」

巧が真尋の腕を掴《つか》んで引き留める。同時に机の上の彼のスマホが軽やかな音色を響かせた。それは途切れることなく続き……振り返った真尋の視界に、画面に映った女性の名前が入ってくる。

珍しく彼が長く付き合っている相手。綺麗で大人っぽくて、彼にお似合いの恋人。

「お兄ちゃん、彼女から電話だよ。早く出たら？」

真尋の腕を掴《つか》んだ巧の手から力が抜けて、それはスマホへと伸ばされる。

「ああ。またなにかわからないことがあったら聞きに来い――邪魔なんかじゃないから」

「うん」

真尋は素直に返事をしたけれど、電話に出た巧の――決して自分相手には出さない甘い声音を聞いて、もうこれ以上近づくのはやめようと思った。

「彼は『お兄ちゃん』……そして私は『妹』。もうやめなきゃ」

今の関係を崩すわけにはいかない。母が掴《つか》んだ幸せを壊すわけにはいかない。

『妹』ができて嬉しいと言った彼の信頼を裏切るわけにはいかない。

それに――『妹』のふりしてどんなに甘えても、それ以上の特別になんかなれない。

そのことを強く自覚する。

だから、彼を想うこの気持ちは捨てなければ。

＊　＊　＊

「お兄ちゃん！」

「は？」

声に出して叫んだ瞬間、真尋は目を覚ました。一瞬、自分がどこにいるのかわからない。

ただひどく胸が苦しくて、すっと涙が頬を伝う。

「真尋……？　おまえどうした？」

「……お兄ちゃん？」

「俺はおまえの『兄』じゃない」

巧は目を据《す》わらせて、ドスの効いた声で呟く。

ああ、自分の知っている巧だ、と思った。

ここは巧のマンションで、今自分は彼のベッドで隣にいる。

それに、初対面のあの日、目の前のこの男は『兄と呼ぶな』と言い放った。

だから真尋は一度として『お兄ちゃん』と呼んだことはなかった。

「巧くん……？　夢？」

夢だと認識した途端、真尋は心から安堵した。

あんな、ひどくつらい感情を抱くのはきつい。彼への気持ちを押し殺してそばにいるなんてできない。

「なんだよ、泣くほどつらい夢を見たのか？　真尋？」

「巧くんが『お兄ちゃん』になる夢だった。『俺のことはお兄ちゃんって呼べばいいって』

言われて……かわいがってくれるけど、私は所詮『妹』でしかなくて。巧くんには『彼女』がいて。『妹』としてそばにいるのが苦しくてたまらなかった」

真尋は乱暴に涙を拭った。いつもならこんなに素直に口にしたりはしないだろう。でも、夢の中の自分はすごくきつくて苦しくて、その感情の余韻がいまだに残っている。

「真尋」

巧がふわりと抱きしめてくれる。

彼の体温といつもの香り。馴染《なじ》んだ腕の中の感触が現実を教えてくる。

彼は決して『兄』にはならなかったし、妹扱いはしても『妹じゃない』としきりに言ってくれた。

「巧くんが『兄と呼ぶな』って言ってくれてよかった……」

「あたりまえだ。おまえに『お兄ちゃん』なんて呼ばれて、対象外にされちゃたまらない」

「私、最初にそう言われたとき……家族として扱わないって言われた気がしてむっとしたんだけどな」

「おまえを妹だと認めるのはまた別だ」と続けて言われたから、おまえたちと家族になるのは嫌だというニュアンスを帯びているのだと感じた。

でも実際は違っていた。

「まあ、あながち間違ってもいない。ああいう形でおまえと家族になるなんて嫌だったからな」

『妹じゃない』だから『兄』でもない。

「ふふ……よかった。『妹』として扱われなくて、本当によか――」

巧は、真尋の頬に残った涙を唇で吸い取ると唇を塞《ふさ》いだ。すぐに舌が入り込んで、自然に絡め合う。深いキスは簡単に真尋の女の部分を疼《うず》かせたし、彼に求められている実感がさっきまで見ていた夢を散らしていった。

「おまえが『妹』だったら、こんなキスできないだろう?」

「ん……そうだね」

夢の中のように『妹』扱いされたままだったら、どんなに望んでも、彼の腕にこうして抱きしめられることも、くちづけをかわすこともなかった。

「おまえは『妹』じゃない。俺にとっておまえは最初から愛すべき女だ」

ああ、と今さらながらに真尋は思う。

彼がどれだけ言葉にして、気持ちを伝え続けてくれていたか。

聞き流しながらも、それらは少しずつ少しずつ真尋の中のわだかまりを溶かしていった。

頭の片隅では、いつだって『ダメ』だと言い聞かせていたのに、結局、彼の想いに触れてしまえば、気持ちを抑えることなどできなかった。

いや——自《みずか》らも巧を求めた。

真尋は巧の首の後ろに腕を回して縋《すが》りつく。巧の腕もまた真尋の背中を支えるように抱き寄せた。

「巧くん……巧くん、大好き」

「素直なおまえは珍しいな。かわいいよ」

夢の中の自分はあまりの苦しさに、巧への気持ちを捨てようとした。

それに比べれば、素直に伝えられる今のこの瞬間がどれだけ貴《とうと》いものかわかるから。

「愛してる……」

「真尋、俺も愛している」

生まれた想いを言葉にできること、伝えられること、それが奇跡に近いものであることを夢は教えてくれた。

だから、せめて願う。

夢の中のもう一人の私も……幸せになれますように、と。

＊＊＊

隣で眠る真尋の小さな唸《うな》り声が聞こえて、巧は目を開けた。

反対側を向いてうずくまった形の彼女の眉間には皺《しわ》が寄っている。

「……やっ……んっ」

色っぽさとは無縁の苦しげな喘《あえ》ぎが漏れて、どんな夢を見ているのかと巧は真尋を起こそうと肩へと手を伸ばした。

「お兄ちゃん……やだっ」

呟きは小さくともはっきりと聞こえて、伸ばしかけた手が宙を掴《つか》む。

真尋は正真正銘一人っ子で兄はいない。兄のような過保護な叔父はいるが、いとこもいない。

「お兄ちゃん？　おまえ、どんな夢見ているんだよ」

『お兄ちゃん』ということは『男』の夢を見ているということだ。自分以外の男が夢に出ているらしい様子に巧はむっとする。

「まさか真尋が見る夢にまで嫉妬《しっと》するとは……」

俺はバカか、と思わなくもない。

だが、真尋はどちらかといえば夢の中で苦しんでいるようだ。これは決して自分以外の男が夢に出ているからではなく、悪夢から彼女を救い出すためだと、誰にともなく言い訳して再度起こそうと体を揺り動かす。

「お兄ちゃん、好きなのにっ」

「は？」

寝言とは思えないほどはっきりと真尋が声に出して叫んだ。

「お兄ちゃん！」

そうして、泣きながら目を覚ました真尋の夢の内容を聞いて……巧は夢の中の男が自分でよかったとまんざらでもない気分だった。

そして思う。

きっと夢の中の自分も、本音では彼女を『妹』だなんて思っていないはずだと。

再び、縋《すが》るように腕の中で眠りについた真尋を抱きしめながら、巧は囁《ささや》いた。

「真尋、夢の続きを見ればいい。夢でも現実でも、過去でも未来でも俺は必ずおまえを愛するから」

どんな世界でも、どんな関係性でも、出会うことさえできれば彼女を愛する。

それは願いではなく確信。

夢の中でも愛すべく、巧は真尋を強く抱きしめて目を閉じた。

恋愛小説「エタニティブックス」の人気作を漫画化!

KINDAN DEKIAI

禁断溺愛

EC Eternity COMICS

漫画 まるはな郁哉
原作 流月るる

親同士の結婚により、中学生時代に湯浅《ゆあさ》製薬の御曹司・巧《たくみ》と義兄妹《きょうだい》になった真尋《まひろ》。一緒に暮らし始めた彼女は、巧から独占欲を滲ませた態度を取られるように。そんな義兄《あに》の様子に真尋の心は揺れ、月日は流れ——真尋は、就職を機に義父との養子縁組を解消。しかし、巧にその事実を知られてしまい、「赤の他人になったのなら、もう遠慮する必要はないな」と、甘く淫らに迫られて……

B6判　定価：704円（10%税込）　ISBN 978-4-434-29613-0

前CEOを慕っていた専属秘書の凛《りん》。しかし彼は病に倒れ、新しく氷野須王《ひのすおう》がCEOに就任する。須王は美形ながら無表情、かつ仕事に厳しく、気さくな前CEOとは全く違う人物だった。そんな須王を凛は受け入れられず、極力関わらないことを決める。しかしある夜、須王が高熱で倒れたことで、少しずつ距離が縮まって……？

B6判　定価：704円（10%税込）　ISBN 978-4-434-25558-8

EB エタニティ文庫 ～大人のための恋愛小説

Rin & Suou

反発し合う二人が一線を越えた夜

冷酷CEOは秘書に溺れるか？

流月るる

装丁イラスト／一夜人見

CEOを慕い、専属秘書として仕事に打ち込んできた凛。しかし彼は病に倒れて退任してしまう。新CEOとなったのは、仕事にとことんシビアな氷野須王。彼には極力関わらないでいようと考えた凛だけれど、避けようと思うほど距離は近づき、いつしか強く惹かれて——！？

赤

定価：704円（10％税込）

Saki & Asahi

大嫌いなイケメンに迫られる!?

イケメンとテンネン

流月るる

装丁イラスト／アキハル。

イケメンと天然女子を毛嫌いする咲希。ところがずっと思い続けてきた男友達が、天然女子と結婚することに！　しかもその直後、彼氏に別れを告げられる。落ち込む彼女に、犬猿の仲の同僚・朝陽が声をかけてきた。気晴らしに飲みに行くと、なぜかホテルに連れ込まれ——!?

赤

定価：704円（10％税込）

※エタニティブックスは大人の女性のための恋愛小説レーベルです。ロゴマークの色で性描写の有無を判断することができます（赤・一定以上の性描写あり、ロゼ・性描写あり、白・性描写なし）。

詳しくは公式サイトにてご確認下さい

https://eternity.alphapolis.co.jp

携帯サイトはこちらから！

本書は、2019年10月当社より単行本として刊行されたものに、書き下ろしを加えて文庫化したものです。


この作品に対する皆様のご意見・ご感想をお待ちしております。

おハガキ・お手紙は以下の宛先にお送りください。

【宛先】

〒150-6008 東京都渋谷区恵比寿4-20-3 恵比寿ｶﾞｰﾃﾞﾝﾌﾟﾚｲｽﾀﾜｰ 8F
（株）アルファポリス　書籍感想係

メールフォームでのご意見・ご感想は右のＱＲコードから、
あるいは以下のワードで検索をかけてください。

アルファポリス　書籍の感想　検索

ご感想はこちらから

エタニティ文庫

禁断溺愛《きんだんできあい》

流月《るづき》るる

2021年12月15日初版発行

文庫編集－熊澤菜々子
編集長 －倉持真理
発行者 －梶本雄介
発行所 －株式会社アルファポリス
〒150-6008 東京都渋谷区恵比寿4-20-3 恵比寿ｶﾞｰﾃﾞﾝﾌﾟﾚｲｽﾀﾜｰ8F
TEL 03-6277-1601（営業） 03-6277-1602（編集）
URL https://www.alphapolis.co.jp/
発売元－株式会社星雲社（共同出版社・流通責任出版社）
〒112-0005 東京都文京区水道1-3-30
TEL 03-3868-3275
装丁イラスト－八千代ハル
装丁デザイン－ansyyqdesign
印刷－株式会社暁印刷

価格はカバーに表示されてあります。

落丁乱丁の場合はアルファポリスまでご連絡ください。

送料は小社負担でお取り替えします。


ISBN978-4-434-29699-4 C0193